チェ・ジニョン
すんみ＝訳
Dear my sister
ディア・
マイ・シスター
AKISHOBO

Contents

＊＊＊

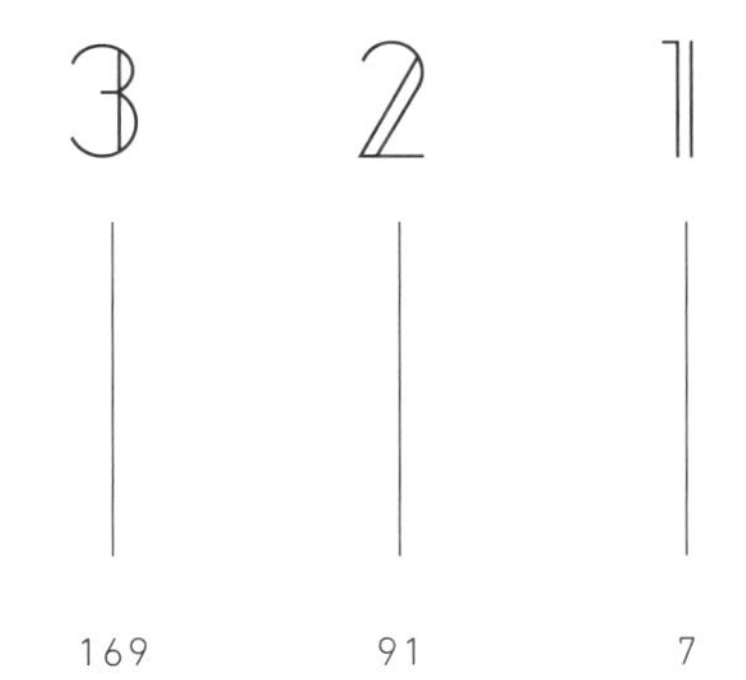

This book is published under the support of
the Literature Translation Institute of Korea (LTI Korea).

ディア・マイ・シスター

1

2008年7月14日、月曜日

恐ろしい

今日を、破ってしまいたい。

2008年7月28日、月曜日

十歳になってから、ジェヤは一日に二回、日記をつけていた。一つは学校提出用で、もう一つは自分用の大切な日記だった。人に見せるための日記には毎日同じような内容を書き、時にはウソも書いた。中学校に入ってからは、日記を一日に一つだけつけるようになった。ノートに三、四頁分の日記を長々とつける日もあれば、日付だけをなんとか書いた日もある。何も書きたくない日には何も書きたくないと書いた。ノートを一冊使い切ると、新聞紙にくるんで本棚の奥にしまい込んだ。中学校を卒業前に、それまでつけた日記を全部引っ張り出してみると二十冊を超えていた。これをどうすればいいんだ、と悩み、庭に出て日記帳を燃やした。

日記帳を燃やした日にも日記をつけた。

いつか燃やすものを、どうして書くわけ？　とジェニが訊いた。

いつか死ぬのに、どうして生きるわけ？　とジェヤが言い返した。

ジェヤにはそういう時間が必要だった。その一日について問いかける時間、じっと座って日常を文字で囲い込む時間が。出来事を並べていくうちに、あいまいだった気持ちが一か所に集められ言葉へと変わっていく。ごちゃごちゃに絡まった考えを整理すると、思いもよらぬ結末にたどりつくことがある。日記をつけながら、泣いたり居眠りしたりもした。微笑むこともあった。

2008年7月14日には日記をつけることができなかった。15日にも、16日にも、17日にも……半月くらい、つけることができなかった。

空が光り、雨が降りしきっていた。ジェヤは雨に耐えられなくてカーテンを閉めた。雨の音をかき消そうとイヤホンをして音楽を聴いたが、外の音が聞こえなくなると不安になってイヤホンを外した。雨の匂いがした。雨にぬれた土、雨にぬれたコンクリートの匂いがする気がした。深く眠れなくて体が痛み、気持ちが落ち着かなかった。母が買ってきてくれた睡眠導入剤を、ジェヤは飲まなかった。薬を飲んでぐっすり眠ってしまったら、その間に何か問題が起こりそうな気がした。

気を失ったように眠り、目覚めた。

小さな黄色いデスクライトが一つついている。隣で寝ているのはジェニだ。ジェヤの手に自分の手を重ねて眠っている。ジェニにも自分の部屋があるけれど、あの日からジェニは、ジェヤの部屋で寝るようになった。窓とカーテンを閉め切っている暑い部屋で、保冷パックを抱いて寝た。ジェヤはジェニの足に風が行くように扇風機の向きを固定して携帯電話の電源をつけた。画面に表示された日付を見て、ジェヤはしばらく表情を失った。それまでのことが順序なく次々と思い浮かんだ。椅子に腰を下ろして日記帳を開いた。7月13日の日記が最後だった。7月13日を最後にしておけない、とジェヤは思った。私は7月14日も生きて、15日も生きて、16日も生きているのに。それらの日は、すべてどこに消えてしまったんだろう。カバンには13日に図書館から借りてきた本が入っていた。読み終わったら、スンホが借りてきた本と取りかえっこして読むつもりだったのに。同じ本で読書感想文を書こうと約束していたのに。ジェヤは次のページを開いた。白い紙をしばらく眺め、2008年7月と書いた。28日と書こうとしたのに、衝動に駆られて14日と書き込んだ。月曜日、と書いた。自分の手で書き込んだ数字と文字をじっと見つめながら、ジェヤはつぶやいた。

しっかりしてよ。

あの日、あの日は、本当に長かった。延々と続くようだったあの一日は、いまもまだ終わっていない。果てしなく続いているあの日のことを、何から書きはじめればいいのだろう……ジェヤは、ペンを握り直した。扇風機のタイマーが止まって静まり返った夜。ジェヤは掛け時計の秒針の音に耳を澄ませた。そっと耳を傾けて、秒数を数えた。九百を超えるまで数えた。年を取って死ぬまで数えつづけられそうな気がした。学校にも行かずに、人にも会わずに、ひたすら秒を数えつづける人生について考えた。そんな人生も悪くない気がする。横向きで寝ていたジェニが寝返りを打ち、小さく寝言を言った。ジェヤは扇風機のタイマーを3に合わせた。

秒針の音がかき消されて、また白い紙が目に入った。

何か書かなくちゃ、とジェヤは思った。

今日はたった一つの単語しか書けなかったとしても、明日また別の単語を書き足して、また書き足して、文章を書いていかなくちゃ。みんなが消してしまおうとするから。ジェヤも消したかった。消そうとすればするほど、あの日の感覚はより強く迫ってきた。膨み、巨大化して、悪夢で遭遇したモンスターのようにジェヤを圧倒してきた。いつも日記をつけながら、ジェヤは言葉の限界に身を焦がした。単語があまりにもぺちゃんこ過ぎて、シンプルすぎて、本当の気持ちにちっとも近づくことができない。風や日差し、匂いを表現しようとしたときも、物足りなさを感じた。立体のものを平面に無理やり押し込んでいるみたいだった。

いまのジェヤは言葉のもつ限界にホッとしている。次第に膨らんでくるあの日の記憶を、薄っぺらい言葉に閉じ込めておくことができるから。

ジェヤはペンを握り直す。

「恐ろしい」と書いて、「恐ろしい」ってどういう意味だろう、と考える。どんな意味であれ、それだけでは言い表すことができない。「恐ろしい」という文字を百倍に、千倍に膨らませて、濃くして、太くして、紙が破れるくらい塗り足したとしても、あのときの気持ちをすべて言い表すことはできなかった。ジェヤは「恐ろしい」に取り消し線を引いた。文字に閉じ込めてしまいたいという欲求と文字で書き表したいという欲求が衝突し合っている。

ジェヤはペンを握り直した。

もう一度、握り直した。

夜明け前、ようやく一つの文章が完成した。

2008年7月13日、日曜日

スンホと市内の図書館に寄った帰り道に、どしゃぶりに遭った。スンホには傘があったけれど、二人でさすには小さすぎた。雨を避けようとカフェに入った。アイスコーヒーを飲みながら、スンホと私の携帯にある写真を見た。夏休みになったら一緒にソウルに行こうと誘われた。ソウルの市内バスはとても大きいし、ゆっくり走ると。それに乗って遠くへ遠くへ行ってみようと。雨はすぐにやんだ。カフェから出ると、ぬるい湿った空気が肌にまとわりついた。バスに乗って町に着く頃に、ふたたび雨がぱらついた。スンホの傘をカフェに忘れてきたことにようやく気がついた。バスから降りた私たちは、雨にぬれながら歩いた。雨がだんだん強まり、当たると肌が痛くなるほどの本降りになった。パン屋の庇（ひさし）に潜り込んだ。雨粒がアスファルトに叩きつける強烈な音とほの見えるもやが私たちを囲い込んだ。圧倒されそうで、私は大きな声で歌を歌った。スンホが近づいてその歌に耳を傾け、一緒に歌いはじめた。私たちはやや正気を失ったかのように大きく、大きく歌った。何かを吐き出すかのように。スンホが「ケトン虫［歌手シン・ヒョンウォンが一九八七年に発表した歌謡曲。犬の糞という意味のケトンには、どこにでもある取るに足らないものという意味合いが込められている」」を歌いはじめたが、その歌はよそうと言った。それでもスンホが歌うのをやめないので、しかたないという気持ちで、私も一緒に歌った。車がサーフボードのように道路を走った。たらいの水を投げ捨てるときみたいに、雨水が私たちのほうへ飛びかかった。二人で叫び声を上げた。それから歌いつづけた。

雨が弱まり、傘をささずに歩いた。雲がすばやく通り、あっという間に空が晴れ渡った。大通りの終わりに虹がかかっているのが見えた。夏に見られるすべての天気を一日で全部経験したかのようだった。

運よく、本はぬれなかった。

梅雨が明けたら、うんと暑くなるんだろう。暑くて夜中に何度も目が覚めるだろう。直射日光でつむじが焼けるだろう。それでも夏が好きだ。世の中を除菌するかのように差し込む陽の光が好きだ。今日みたいに、どしゃぶりでずぶぬれになるのも好きだ。そういうときはおもいっきり叫んだって恥ずかしくないから。蚊の羽音で目覚めてしまう瞬間だって夏だからいい。冬も好きだ。歯と歯がカチカチとぶつかるほどの寒さは、想像するだけでもテンションが上がる。冬には不思議な雪が降り、冬の木々は美しく、優雅で、雪が積もればさらに優雅になる。カラッとしている冬の空も好きだ。白い息も、毛布も、みかんも好きだ。夜が深まれば空高く上っていくおおいぬ座とオリオン座を見上げながら、地球がこれくらい回ったんだ、と確かめられる瞬間も好きだ。

夏と冬をあと二回ずつ過ごせば、十八歳になる。お母さんは公務員になるのが一番だという。お父さんには教育大学に入るようにと言われた。私は外国語が話せるようになりたい。いろんな言語を学びたい。翻訳や通訳の仕事もいいなと思う。やりたいことや学びたいことを考えると、真っ先にお金のことが心配になる。外国に行ってみたい。まったく知らない言葉の中に身を置いているのは、どんな気持ちなのだろう。生まれたての赤ん坊だった私には、大人たちの言葉がどのように聞こえていたのだろう。あの頃のことが思い出せたらいいのに。ウンソは外交官になりたいそうだ。「外交官」という言葉を聞いて、なんと素敵なんだろうと思った。スンホはまだやりたいことはないけれど、だからといって父さんの言いなりにはなりたくないと言っていた。伯父さんはスンホを法学部や医学部にしか行かせないつもりでいるらしい。キョンホお兄ちゃんにも、ソウルにある大学の法学部なら、ということで浪人を認めているわけなんだし。私のやりたいことは、まだぼんやりとしている。外交官みたいに、パッとしたものがまだ見つからない。わからない。ただ、いまのままがいい。毎日をぎゅっとつめ込んで、生きられるだけを生きられたら。

2002年7月28日、日曜日

あの日のジェヤの日記には、こんな内容が綴られていた。

朝起きてカレーを食べた。ジェニと文房具屋に行ってレターセットを見て回った。ロッテリアでてりやきバーガーを食べた。夜はスンホとジェニと一緒に自転車に乗った。塾の宿題がまだ終わっていないから、明日は早起きして塾に行く前に宿題を済ませなければならない。

本当の日記には、お母さんとお父さんの大ゲンカについて書いた。おばあさんの話をするうちに声が大きくなり、お父さんは家を出て、お母さんは険しい表情で家じゅうのものを引っ張り出し、掃除を始めたと。お母さんは腹が立つと大掃除をする。掃除機をかけ、床にひざをつけてまわりながら水拭きをし、タイルが剝がれそうなほど浴室をピカピカにした。お母さんが布団やカーテンを洗ったというのは、怒りが頂点に達したという意味なのだが、お母さんはその日、布団の洗濯をした。ジェヤとジェニはお母さんの掃除機を避けて、部屋からリビングへ、リビングからキッチンへ、キッチンからまた部屋へ、と逃げまわり、ついに家を出てしまった。わざわざ回り道をして校庭に向かった。ブランコやシーソーで遊び、ジャングルジムで危なっかしく上り下りしながら鬼ごっこをした。正午すぎに日差しが強まり、地面の砂は熱せられた。肌が火照り、顔と首に汗が流れた。校庭は暑すぎるね、どっか行こうか、と話し合い、川に行くことにした。ジェニは家に寄って自転車で行こうと提案した。ジェヤはそれより歩いたほうが早いだろうから、そのまま向かおうと言った。家に戻ると、まだ両親がケンカをしていそうだったから。怒っている大人たちを見たくなかった。

二人はコンビニで買ったアイスをちびちびとなめながら歩いた。川辺までの道には、センムル教会がある。礼拝が終わったばかりなのか、教会前の庭や歩道が、大人たちでいっぱいになっている。道路脇に止めておいた車に乗ろうとする人、車を出そうとする人、誘導棒を持って「オーライ、オーライ」と言う人、道路を渡ろうとする人で教会の前はごった返していた。ジェヤとジェニは手をつないで、大人たちの腰や胸を避けながら歩いた。汗のせいで手が滑り、目が沁みた。じたばたするうちに二人の手が離れ、ジェニはアイスクリームを地面に落としてしまった。ジェニはムッとした顔で大人たちを見上げた。ジェヤは自分が持っていたアイスをジェニにさっと渡した。ジェニはそれを受け取りもしなければ、表情を和らげようともしなかった。ジェニが怒って大声でも出そうものなら、大人たちの視線が二人に集まるだろう。ジェヤはそういう状況になってほしくなかった。ジェヤはジェニの手にむりやりアイスを握らせて、地面に落ちたものを拾い上げた。ジェニの手を取り、大人たちがあまりいないところへせかせかと足を動かした。お姉ちゃん。ジェニがジェヤを呼んだ。それ捨てて。汚いよ。砂だらけだよ。ジェヤはとりあえずこの場から離れたかった。周りをきょろきょろすると、教会の横から塀の下にあるゴミ袋が目に入った。お姉ちゃん、それ捨ててってば。ジェニに急かされ、わかった、捨てるから、あそこに捨てる、と振り向いてジェニに言おうとしたとき、誰かとぶつかった。ジェヤはぶつかったほうの人に目を向けた。白い半袖シャツを着ている、大人の男性だ。男の手とズボンに、ジェヤの服に、アイスがついた。男がおっとっとだか、あちゃあだかの声を出した。ジェヤはドロドロになったアイスと汚れた服をじっと眺めた。すみませんと言わなくちゃ、とは思ったのに、言葉が出てこなかった。

ジェヤじゃないか。

男が言った。

ジェヤだろ? 俺のこと知らないのか? おじさんだよ、おじさんのこと覚えてないか?

男が笑顔で言う。ジェヤはホッとした。叱られそうではない。男は庭の片隅にある手洗い場を指さして、とりあえず服についた汚れを流そうと言った。ジェヤとジェニは男のあとについて行った。

男が蛇口をひねると、短いゴムホースから水が一気に吐き出された。男はまず手を洗い、水でぬらしたズボンをこすった。ジェヤはほとんど溶けてしまったアイスを手洗い場の隅っこに捨てた。男が手洗い場から身を引きながら、ジェヤを見た。ジェヤがホースに手を伸ばすと、男は蛇口をひねって水を弱めてくれた。ジェヤは手を洗ってから手のひらで水をすくい、アイスのついたところを水でぬらした。もう一度水をすくって顔を洗った。男は蛇口に手を置いたまま、ジェヤがそのすべてをやり終えるまで、じっとして待ち続けた。喉が渇いてジェヤが水道の水を飲もうとした。待て待て、飲まないで、と男は言った。あっちにペットボトルの水があるから持ってくるよ。男は教会の前に設置されているパラソルへとすたすた歩いていった。パラソルの下では、大人が大勢集まって氷の入ったコーヒーやジュースを飲んでいた。ジェヤはジェニにも顔を洗わせた。ジェニは顔を洗ってから汗のせいでチクチクする首も水で洗い流した。男がアイスボックスから小さなペットボトルを取り出してジェヤに手招きをした。ジェヤは水を止めてジェニの手を引き、男のところに向かった。男が半分凍っている水を差し出した。ジェヤは水を三、四口飲むと、ジェニにそれを渡した。水を飲んだジェニが口まわりを拭きながら、気持ちいいね、と弾んだ声で言った。男が財布から一万ウォン札を二枚取り出してジェヤに差し出した。ジェヤはお金をじっと見つめた。

君たちに会えてうれしいからさ。これからしょっちゅうおじさんに会うだろうから、今度からはちゃんとあいさつするんだよ。

男はニコニコしながらジェヤとジェニの手に一万ウォンずつをむりやり握らせた。この子たちは誰なの？　教会の子なの？　ある女性が、男に声をかけた。従姪（いとこめい）たちです。従兄弟（いとこ）が線路向こうの町に住んでるんです。李（イ）議員ってご存じないですか。その家の子たちなんです。男は女性に返事をしてからアイスボックスから水をもう一本取り出し、ジェヤに手渡しながらもう帰っていいと言った。ジェヤとジェニは両手にキンキンに冷えたペットボトルの水と一万ウォンを持って教会の庭を抜け出した。

お姉ちゃん、あの人と知り合い？

ジェニが聞いた。

ずっと前おじいさんが死んだときに見た気がする。ジェニは覚えてない？

あたしも覚えてる。

ウソでしょ？　覚えてないくせに。

ほんとだって。

本当に？

うん。見たことある気がする。よく覚えてないけど。大人ってみんな同じような顔してるもん。

確かに。あのおじさんも、三組の担任に似てるよね。

でもあの人、あたしたちのおじって言ってたよね。それはなんで？

お父さんの従兄弟だって。家が線路の向こうっていうのも知ってたし。

それじゃあ、スンホみたいな感じってことだよね。

そうね、スンホみたいな感じだね。

じゃあ、すごく近い関係なのに、なんであたしたちはあのおじさんを知らないわけ？

そういう従兄弟もいるよ。うちのクラスのミンジは、従兄弟と何回かしか会ったことがないって。顔もよく思い出せないって言ってた。

なんで？

遠くに住んでるから。うちはこの辺にほとんどが集まって住んでるからしょっちゅう顔を合わせるわけで。

お父さんには従兄弟が何人いるの？

どうだろう。でも、果樹園のおばさんもお父さんの従姉妹だもんね。

ほんと？

知らなかったの？

ううん、知ってた。お姉ちゃん、これでハンバーガー食べにいかない？

ジェニが手に持った一万ウォンを見せながら言った。ジェヤはもらったお金ではなく、自分たちのお金で食べようと言った。おじさんからもらったお金は、とりあえずお母さんに見せよう。ジェニはわかったと返事した。

ジェヤとジェニは川岸の日陰に腰を下ろしてハンバーガーを食べてから、川の浅瀬で遊んだ。小さなオイカワをつかまえるふりをしたが、本気でつかまえるつもりはなかったので、カワニナを獲ってはその数を数えてまた川に戻したりした。日陰の平べったい岩に座って休んでいると、ジェニが眠いと言った。ジェニはジェヤのひざを枕にしてすぐに寝てしまった。ジェヤもジェニの頬に手を乗せてうとうととした。

遠くから聞こえるスンホの声。ジェヤはかろうじて目を開けて音がするほうへ目をやった。自転車に乗ったスンホが近づいてきた。

家に行ったら二人とも留守だったからさ。

スンホが言った。

駅に行ってみたり、学校に行ってみたりして探し回ったよ。

スンホはポケットから携帯電話を取り出した。

ほら、俺の携帯電話。母ちゃんのおさがりをもらったんだ。

伯母さんは？

新しいのに買い換えたからさ。

スンホは送話口についた蓋を開けて差し出した。ジェヤは液晶画面に表示されている時間を見た。午後三時二分。お母さんは少し機嫌が戻っただろうか。

もう少ししたら父ちゃんも買い換えるつもりって言ってたけど、それは姉ちゃんにあげてって頼んでみようか？

なんで。

あるといいだろ？　二人でメッセージも送り合えるし。

いらないよ。

それぞれ離れた場所にいても、連絡すればすぐ会えるわけだし。

こんなものがなくても会えるもん。いまだってすぐに見つかったんだし。

町じゅうを探し回ったってば。駅から線路のあっち側まで全部探し回ったんだからね。

スンホの素っ頓狂な声にジェニが目を覚ました。スンホを見たジェニは、素早く起き上がって目をこすり、体をよじりながら、うううううっと声を出した。それからスンホの手にある携帯電話を見て、それって伯母さんのでしょ？　と訊いた。今日から僕のものになったんだ、とスンホが返事した。スンホは携帯電話の番号を教え、これからは用事があったら家の電話ではなくこの番号に電話をかけてと言った。

電話で伝える用事なんかないよ。

と、ジェニが言った。

学校でも、そのあとのボラム塾でも一緒で、うちからスンホの家まで走れば五分で着くのに。

とにかく、僕にも携帯電話があるんだから、電話してってこと。今日みたいに学校が休みになると、ジェニと姉ちゃんだけで遊ぶんだし。ここに来るとき、なんで僕には声をかけないいんだよ。

あんたは日曜日には教会に行くし。

礼拝はさっき終わったんですけど。

ジェヤは教会で会ったおじさんの話を、スンホにしようかどうか迷った。おじさんだということと以外、名前も、年齢も知らない。スンホになんと説明すればいいいんだろう。

さっき教会を通り過ぎたんだけど……。

うちの教会を?

ううん、センムルのほう。そこでお父さんの従兄弟だっていうおじさんに会ったの。

ああ、茶髪で、こんな目をして、鼻が低い人?

ジェヤはスンホが言った人が、自分が見たその人だろうかと考えを巡らせた。

でも、その人、僕にはただの知り合いって言ってたよ。昨日の夜、うちに来てごはんを食べてから父ちゃん母ちゃんとしばらく話し込んでたな。これからこの町で暮らすって。消防署の裏に建ったマンションがあるだろ? あそこに引っ越したってよ。

あの人、前も見たことある?

わかんないな。見たことある気もするし、昨日初めて見た気もするし。

男がスンホの家を訪ねて一緒にごはんを食べ、スンホもその男に会ったことがあるというので、ジェヤはなんだかホッとした。知らない人からのお金を受け取ったらいけないとお母さんに怒られはしないだろうと思った。掃除は終わったんだろうか。怒って家を出たから、お父さんは今晩も酒臭くなって帰ってくるだろうか。家に帰りたくないという思いと早く帰らなくちゃという考えのあいだで、ジェヤは揺れていた。

ジェヤとジェニとスンホは川岸でとんぼをつかまえ、石を積んだり投げたりしながら遊び、五時過ぎに堤防へ上がった。ジェニがスンホの自転車の後ろに乗りたいと言った。スンホはジェニを乗せて遠ざかったりジェヤのところに戻ってきたりした。そうやってゆっくり、ようやく家にたどり着いた。スンホは片足をペダルに乗せ、もう片足を地面につけて携帯電話の番号をもう一度伝えると、電話してね！　と大声で言ってペダルを回した。ジェヤとジェニは門をくぐって庭に入った。庭の左側に設置されている長い洗濯ひもに夏用の布団が二枚干されている。手を触れてみると布団はパリッと乾いていた。

2004年2月13日、金曜日

卒業式。お母さんとジェニ、伯母さんとスンホが来た。私はお年玉でウンビ、ヒョジュ、ミヨン、ミジンへのプレゼントを買った。ウンビには蛍光ペンのセット、ヒョジュには毛糸の手袋、ミヨンとミジンには一緒に並べると一つの絵になるペア用のマグカップをそれぞれに渡したら、みんな喜んでくれた。ウンビは私に（分厚い）リングノートをプレゼントしてくれた。このノートを使い終えたら、次はそれを日記帳にしようと思う。ミヨンからはヘアピン、ミジンからはカバンにつけられるぬいぐるみをもらった。ヘアピンもぬいぐるみもすごくかわいい。ヒョジュは一つずつ梱包したチョコレートや飴をハートの形に飾っているものをくれたけど、ヒョジュはそういうものを作るのが本当に上手だった。チョコレートを一つでも取ったらハートの形が崩れてしまいそうだから、一生食べられない気がする。

ヨンウンとスジからもプレゼントをもらったが、私は何も用意していなかった。二人からプレゼントをもらえるとは思ってもいなかったから……嫌な思いをさせてたらどうしよう。

それから、トンウからブレスレットをもらった。最初はそれがプレゼントだと気づかなかった。自分の腕にしていたものをくれたから。ブレスレットを受け取ってそれがどういう意味かつかめずにしばらく黙っていると、トンウが卒業プレゼントだと言った。自分でビーズを一つ一つ選んでワイヤーでつないで作ったと。私がミヨンとミジンと一緒に教室から出ようとしたときに、ちょっとついて来てと言って廊下の端まで行き、ブレスレットをさっと手渡してくれた。それから謝った。チョングたちが君をいじめているのを見て見ぬふりしてごめんと。そうだね、そういうこともあったね。チョングやトヨンが変な噂を広めたりしてからかってきたね。私はそれが幼稚に思えて笑えたし、あの子たちがスンホと私の何を知っててそんなマネをするんだろうと思って相手にすらしなかった。私がとくに反応を見せないでいると、あの子たちはさらにヒートアップして、まるでひどく無視されたかのように……でもまあ、無視したのは事実だけど、でもあんな噂話を無視しないでどうすればいいわけ？　とにかくあの子たちは私に無視されたのだと、ひどく傷ついたかのように何日も立て続けに罵倒して、私を邪魔してきた。あの子たちが女の子をいじめたり罵倒したりするのはいつものことだったし、私はトンウがあの子たちをやめさせる筋合いはないと思っていたから、謝られてびっくりした。あなたが謝ることじゃないと言うと、トンウはとにかく申し訳なかったし、心残りがあると話した。不思議なことに、本当に謝るべき人は謝らないのに、謝らなくてもいい人には謝られることがある。トンウは手紙を書きたかったのに結局書けなかったと、小さな封筒を差し出した。封筒を開けてみると、携帯電話の番号が書かれている紙が入っていた。いつか自分の携帯電話ができたら、自分にもメッセージを送ってほしいと。トンウはぎこちない笑顔を浮かべた。笑うことしかできなくて、しかたなく笑っているみたいな顔というか。プレゼントをもらったからお礼を言わなければならないのに、言葉が出てこなかった。じつは、嬉しいというより気まずい感じがした。トンウは中学校でもがんばってと言った。でもそれは本当に言いたいことではないようだった。ずいぶんと悩んで口にした言葉にしては、あまりにもありきたりなものだったから。私はミヨンとミジンのところに戻りながら、ブレスレットをポケットにしまった。二人は何があったのか、二人でなんの話をしたのかと訊いてきた。私はたいした話はしていないと言いつくろったが、そうすると本当にたいした話ではなかったかのように思えた。ブレスレットはトンウからもらった封筒に入れて机の引き出しにしまっておいた。

花束を手に持ち、友達と写真を撮った。ジェニとも撮り、スンホとも撮った。伯母さんの車で街に出てピザとスパゲッティを食べた。伯母さんが十万ウォンを手渡しながら、中学校入学前に新しいリュックを買うようにと言った。

家に帰ると、ジェニとスンホと一緒にチョコパイを重ねてケーキを作り、三人だけのパーティを開いた。中学生になったら制服を着るのがうらやましいとジェニが言った。みんな同じ服を着て同じ長さで髪を切ったら、初めのうちは誰が誰だかわからない気がするし、だから私はいまのままがいいのに。スンホはもう私たちが同じ学校に通うことはないだろうと言った。そのとおりだろう。私たちは中学校も、高校も同じところに通うことはないだろうし、大学は……大学だなんて。私が本当に十八歳になる日は来るだろうか。想像もできない。

お父さんは夕方になっておじさんと一緒に（お酒の匂いを漂わせながら）帰ってきた。おじさんが卒業おめでとうと言って紙袋を差し出した。私は袋を開ける前に携帯電話であることがわかった。子どもにそんなに高いものを買いあたえると悪いクセがついてしまうとお母さんに引き止められたが、おじさんはジェヤに悪いクセなんかつくもんですか、俺との仕事のせいで従兄（にい）さんが娘の卒業式に参加できなかったのがいろいろと申し訳ないしありがたいしでなんとかかんとか、と並べ立てながら、ずっと私の頭と肩を撫でていた。いつだったかお母さんとお父さんの会話を聞いていたら、スンホのところの伯父さんもこのおじさんがやっている事業にずいぶんとお金をつぎ込んだという。おじさんがこの町に来てから、大人たちは三々五々集まって深刻で真面目な顔をしていたし、ときにはすごく浮かれていた。大人たちはもともとしょっちゅうお金の話をしていたけれど、いまではお金の話ばかりしている。どこそこの家を買い、土地を買って、開発されて、なんていうような話。

おじさんがくれたのはエニーコール［サムソンから出た携帯電話のブランド］から発売されたスライド式の白い携帯電話だった。値段は知らないけれど、高いに決まっている。最近よく広告に出ているものだから。ありがとうございます、とお礼を言いながらも、こんなに高いものじゃなくていいのに、と思った。高いものをもらったからにはおじさんにちゃんと感謝すべきだろうけれど、かえって妙に心が重くなった。これからおじさんの顔を見るたびに携帯電話を思い出すだろうし、そうすればおじさんの言うことをちゃんと聞かなければならない気がするだろうしで、むりやり借りを作られたような気がする。今日トンウからもらったブレスレットも、おじさんからもらった携帯電話も……プレゼントをもらって心が落ち着かなくなることがあるだなんて。

私はこれからの十五日間は小学生でも中学生でもない。中学生になれば、子どもではなく青少年になるのだろうか。青少年だなんておかしすぎる。ミヨンとミジンと同じ中学校なのがうれしい。明日メッセージを送ってみよう。

2004年5月5日、水曜日

五分後に会おうとスンホからメッセージが送られてきた。ジェヤはカバンとシートを手に持って門を開けて出た。スンホが角を曲がってくるのが見えた。

ジェニも一緒に行くよ。

門を開けたままにして、ジェヤは言った。

ジェニは作文コンクールに出ないんじゃない？

一人で留守番させるのもね。

もう一人でいても平気だろ？

たいくつだって。

友達と遊べばよくない？

友達は家族で外食しにいったり遊びにいったりしてるって。

叔母さんは仕事に行ったの？

そう。一緒に行って、あんたが絵を描くあいだは隣でじっとしてるって。いいよね？

でも、申し込んでないのに行っていいかな。

大丈夫だと思う。どうせ会場は観光地だし。作文や絵画コンクールに参加する子だけじゃなくて、遊びにくる子も多いからね。去年だってそうだったでしょ?

ジェニが玄関を開けて出てきた。

おまえさ、どうせついてくるなら、作文コンクールに参加してって先生から言われたときに参加するって返事すればよかったじゃないか。

スンホがジェニに言った。

それじゃあ作文をしなきゃいけないんでしょ? 休みの日なのに、めんどくさい。

てきとうに書いて休めばいいだろ?

てきとうにするならやらない。あたしはどうせやるならいいものを書かないと気が済まないの。

参加者にパンとジュースをくれるんだけど、おまえはもらえないと思うよ。

あんたのをもらえばいい。

あげないよ。

くれなくてももらうよ。

ジェヤは二人の後ろを歩きながら晴れ渡った空を見上げた。小学生のときも子どもの日には、スンホと作文や絵画コンクールに参加した。春と秋にはそういう野外イベントがたびたび行われる。気晴らしのつもりで参加し、ジェヤは作文を書き、スンホは絵を描いた。ジェヤはときどき表彰され、スンホはほとんどいつも表彰された。姉に文才があるから妹も文章を書くのが上手だろうと、ジェニも去年の担任の先生から参加をすすめられたことがある。ジェニは初めて参加した全国作文コンクールで詩を書き、最優秀賞を受賞した。みんなびっくりした。ジェニはそれ以来、コンクールに出るのを嫌がった。先生がいくら言っても無駄だった。イヤです、参加しません、こっちの自由です、と言い張ってそっぽを向いた。先生がお母さんに電話をかけてジェニを説得してほしいと頼んだ。ジェニは学校に行かないと言い切り、そのままドアにカギをかけて部屋に閉じこもってしまった。大人たちはジェニを理解することができなかった。ジェヤからすれば、代わりに詩を書いてあげることもできないくせに、とにかくコンクールに出ろと強制する大人たちのことが理解できなかった。ジェヤはジェニの才能もうらやましかったけれど、「イヤです」と言えるところがもっとうらやましかった。大人たちはジェヤに長女だからしっかりしていると言い、ジェニには末っ子だからわがままだと言った。ジェヤは大人たちがそういう分け方をするのが嫌いだった。そう言うことで「イヤです」という言葉から自分を遠ざけさせている気がしたのだ。

バスに乗って三十分ほど走り、郊外の観光地に着いた。バスから降りると、ジェニはジェヤについていくと言葉をコロッと変えた。スンホについていって先生に見つかったら叱られそうだと。終わったら電話してね、姉ちゃん。駐車場から離れながら、スンホは言った。

ジェヤはジェニをつれて西の入り口へ向かった。そこで同じ学校の生徒と引率の先生に合流した。受付で原稿用紙とおやつを受け取り、テーマが発表されるのを待った。テーマは「春」と「門」だった。

ジェヤは松の木林の端にシートを広げた。ジェニはジェヤがもらってきたパンを食べ、ジェヤはノートを取り出した。誰かが嬉しそうな声でジェヤを呼んだ。スジだった。中学生になって初めての再会だった。スジが一緒に座っていいかと訊いた。ジェヤはカバンをどかしてスペースを空けた。スジがミヨンとミジンに元気かと尋ねた。元気だと、最近も二人でいつもくっついていると答えながら、ジェヤはウンビのことを思い浮かべた。ウンビとは大の仲良しだったし、ずっと友達でいるだろうと思っていたのに、別々の中学校になってから一度も便りを聞かなかった。ジェヤから何度かメッセージを送ってみたけれど、返事はなかった。

ウンビも元気にしてる？

ウンビ？　コン・ウンビの話？

二人、同じ学校だよね。違ったっけ？

スジがもじもじしながら、返事した。

うん、同じクラスだった。

ジェヤはなんだか妙な返事だと思った。

あんたもコン・ウンビと親しかったよね。ウンビから何も聞いてない？

このところはずっと連絡がつかなくて……。

あの子、引っ越しちゃったの。入学してすぐにね。

引っ越し？　ウンビが？　なんで？　どこに行ったの？

さあ。何も言わずに引っ越しちゃったから。

パンを食べ終わったジェニが、散歩でもしてくると立ち上がった。遠くには行かないで。

ジェヤが念を押した。わかった、とジェニが答えながらスニーカーを履いた。これ、持ってて。ジェヤはジェニに携帯電話を持たせた。

ウンビに何かあったの？

離れていくジェニの後ろ姿を見つめながら、ジェヤは尋ねた。

それがね、ちょっとした噂があったんだけど、先生は何でもないって。友達だからウンビについて変な噂は広めないでって。

変な噂？

卒業のときに、ウンビからペンケースを贈られたの。丸いジッパーのついた紫色の、そうそう、あれと似てるもの。

スジがジェヤのペンケースに目配りしながら言った。

中学校に入った頃はそのペンケースを使ってたけど、いまは使わない。それを見るとウンビを思い出して変な気分がするからね。最近もウンビの悪口を言う子たちがいて、あたしはそういう子たちとは口をききたくないんだけど、その子たちのほうが正しいと味方する人も多いのね。そんなのうんざりだから、ウンビのことはもう思い出したくない。

スジの話を聞きながら、ジェヤはスルギのことを思い浮かべた。新しい学期が始まり、クラスの全員の名前を覚えもしないうちからいじめられ始めていた子。スルギはよく笑い、よくしゃべって、それほど親しくない子にも自分からあいさつして腕を組みながら「一緒に売店に行かない？」と言ってくる子だった。そんな積極的な性格をめぐって「出しゃばる」「気持ち悪い」という話が出るようになった。なかでももっとも毒を吐いたのは、ムンジュだった。スルギが何か言うと、出しゃばりすぎだと嫌味を言った。スルギが笑ったり泣いたり怒ったりしても、出しゃばるなって言ったよねと脅した。スルギが表情を隠し、振る舞いに気をつけるようになると、あんたが息を吐く音もムカつくと、息もするなと指示した。クラスの子たちはムンジュの周りに群がるようになった。何重もの塀をつくるようにして群がった。

ある日、スルギが欠席し、その次の日にスルギの母が学校に来た。

担任の先生はクラスのみんなを床にひざまずかせ、指示棒で教卓を何度か叩きつけた。もっと怒ることもできるけれど、なんとかこらえていると言わんばかりに、表情と語調を和らげることなく真っ赤に焼けた石のような声で言った。友達がそんな目に遭っているのに助けようともせずに見て見ぬふりするのは卑怯だと、そんな子たちの担任だというのが恥ずかしいし侮蔑を感じると、これだから女の子はいけないと、おまえらは性根が腐っていると。クラスのみんなはひざまずいたまま担任の怒りと軽蔑の言葉を浴びていた。担任はみんなを椅子に座らせてから白い紙を配った。スルギに渡す謝罪の手紙を書けと。強制された手紙を書きながら、多くの子が涙した。それ以後、スルギをそれほど気にしていなかった子やスルギに後ろめたい気持ちを抱いていた子さえ、スルギを遠ざけるようになった。ムンジュはもともとそういう子だから、小学校の頃からいじめっ子として有名な子だからしょうがないとして、クラスの全員が罰を受けたのはスルギのせいだと言う子もいた。

その後もムンジュはまるで塀のような五、六人の友達と群がって過ごした。

スルギは相変わらず一人だった。

入学初日に教室に入ると、ジェヤは小学校が一緒で顔見知りのジャヨンに声をかけられた。ジャヨンの友達のトウンとも仲良くなった。三人で一緒にごはんを食べ、売店に向かった。その日もしジャヨンが声をかけてくれなかったら？　自分の何かがムンジュの目に「気持ち悪く」見えていたとしたら？　ジェヤはときどきそんな想像をした。それでもスルギに自分から声をかけなかったのは、ジャヨンとトウンが嫌がるかもしれないから。ジャヨンとトウンに見切られてしまうかもしれないから。スルギを見かけるたびに、ジェヤは二人の友達を思い浮かべ、二人に感謝の気持ちを抱く一方で少しばかり嫌にもなった。でももしスルギがウンビだったら？　ムンジュがウンビに出しゃばるなと脅かしたとしたら？　そんなことが気になり、ジェヤはもはや作文どころではなくなってしまった。スジにウンビについてもっと訊きたかったけれど、スジも作文を書かなきゃいけないから、邪魔をしちゃいけないから、とジェヤはノートに「門」と「春」という文字を繰り返し書きながらどうにか見つけようとした。スルギの欠点を。スルギがいじめられっ子である理由を。でもムンジュには打ってつけの欠点があるのにどうしていじめられっ子にならないいんだろうと考え、それじゃウンビは？　ウンビがいじめられたとしたら、なんの理由で？

とたえず疑問がわきつづけた。理由がないのに理由を見つけようとすると、だんだん自分が小さい人間になるような気がした。

ジェヤは作文を書いてるんだっけ？　どれくらい進んでる？　スジがジェヤのノートをのぞきながら言った。スジこそどう？　と聞き返すつもりが、それで誰がウンビにそんなことしたの？　と問いつめてしまった。スジはやや驚いた表情でペンの端っこを嚙みはじめた。

それが……あたしもウンビがどういう経緯であの男の先輩と仲良くなったのかはわからないんだけど。でも、あたしも何回か見たの。塾のあとウンビがあの先輩たちと一緒に帰ってるところをね。

スジはペンを嚙みながら、言葉を続けた。

でも、一緒にいたら仲がいいと言えると思う？　あたしもよくわかんないの、ウンビがあの人たちと一緒にいるところを見てはいるけど、そのときのウンビの表情がどうだったかは思い出せなくて。だけどあんなことになってから、周りの子たちがあの人たちとウンビは仲が良かったとか、ウンビがあの人たちと一緒に遊びたくて誘惑したとか、親にウソをついているのだとかと好き勝手に言いふらすわけ。それに先生もちょっとあれだったのが、ウンビの友達なんだから悪口を言っちゃいけないと注意してたけど、悪いのは本当はあの人たちだからね。でも先生はウンビについても、先輩たちについても、とにかく口外するなって言ってるみたいだったから。

意外な話に、ジェヤはびっくりした。

誰なの？　その男の先輩たちって。

同じ塾の中学三年生で、チョンホ中とテソン中に通ってるの……詳しいことは知らないけど、ちょっと荒っぽい感じの人たちで、でも男の先輩ってみんなそうじゃない。その人たちと仲良くしている女の先輩たちが、うちの学校の三年生にいるんだって。で、先生がその先輩たちを呼び出して訊いても、みんな答えは一緒だって言うわけ。ウンビが男の先輩のことが好きで追いかけまわしていたし、その日も彼らがウンビに強制したわけじゃなかったと。だけど、女の先輩たちはウンビが殴られたりして悪さされるときに一緒にいたわけでもないのに、男の先輩たちからの一方的な話だけでそんなことが言えると思う？

ジェヤはふと思い出した。ニュースでよく見聞きしてきたことを。ケーブルチャンネルから流れてちらっと見た映画の場面を、さらに詳しい事情を聞きたいという気持ちとそれ以上は知りたくないという気持ちが同時にわいた。

でも、クラスの委員長はあの男の先輩たちはもともとそういう荒っぽい人たちだとしても、ウンビはどうしてそんな人たちと遊んだんだろうとか、どうして夜中に出かけたんだろうとか言って、全部ウンビが悪いって言うわけ。周りの大人たちがみんなそう言ってるからと。そういう話ばかり聞いてると、あたしもだんだんわからなくなって、ウンビに訊いてみたくても本人はもういないわけだし……。

スジがペンの端っこをカチカチと噛みながら言葉を濁した。

仲良しなのに、なんで殴ったって？

いつ戻ってきて、どこから話を聞いていたのか、ジェニがいきなり会話に割って入ってきた。

チンピラみたいに殴ったり悪さしたりするのって、仲良しって言えなくない？　仲が良かったらそんなことしないもん。

そうそう、そのとおり。

スジがペンでノートを叩きながら返事した。

めっちゃ頭悪っ。

ジェニが携帯電話の画面をつけたり消したりしながらブツブツ言った。ジェヤはジェニにこんな話を聞かれてしまったのが嫌だったし、ジェニが両親や友達に言うのではないかと怖くなった。

ジェニ、いま聞いた話は誰にも言っちゃだめよ。

ジェヤはジェニに頼んだ。

それくらいわかってるよ、あたしだって。

ジェニは答えた。が、すぐにまた、なんで言っちゃだめなの？　と理由を尋ねてきた。

ジェヤはしばらく考え込み、めっちゃ頭悪いからと答えた。


ジェヤとスジは、結局作文を完成させることができなかった。ジェヤは「春」と「門」、「おかしい」と斜線の落書きでいっぱいになったノートをカバンに突っ込み、シートを畳んだ。スジと別れたあと、ジェヤは携帯電話に入っている連絡帳からウンビの電話番号を見つけて、ショートメッセージの画面を開いて少し迷ったが、そのまま画面を閉じた。

駐車場でスンホと合流した。母ちゃんが迎えにくるって。スンホはそう言うと、自分の分として受け取ったパンをジェヤに渡した。ジェヤは包みを開けてパンを三等分した。スンホに一切れを手渡しながら、今回も入賞したのかと尋ねた。入賞しなかったら母ちゃんは来てくれないよ、とスンホがパンをかじりながら答えた。

呆然としながら家に帰ったジェヤは、シャワーを浴びようと服を脱いでいて、パンツについている茶色い沁みに気づいた。初めのうちは、血だとは思わなかった。生理については学校で学んでいたし、生理が始まったらどうすればいいかは知っていたけれど、知っているのと本当に起こるのとのあいだには、深くて大きな溝があった。真っ赤だろうと思ってたのに。パンツがびしょぬれになるほどに真っ赤な血がどばっと出るもんだと思ってたのに。トイレットペーパーで拭いてみると、パンツについているのと似たような茶色になる。ジェヤはジェニを呼んで、これって血だろうね、と訊いた。ジェニとジェヤはトイレのドアを閉めて二人で悩みを話し合った。その日の夜、ジェヤはわざと長文の日記を書いた。ノートを最後まで使い切りたかった。ウンビからもらったノートを早く出して使いたかった。

2008年7月14日、月曜日

起きてしまったことは紙とは違って破っても燃やしても消えず、なかったことにはできないだろう。でも消してしまいたい。なかったことにしたいのはお母さんもお父さんも同じだろうに、あきれてものも言えないことをやっている。すべてを私に押しつけ、私そのものを消し去ろうとしている。ゴミ同然の扱いをしてゴミ箱にすてながら、全部私のためだと、私の将来のためだと言う。私が破ってしまいたいのは自分ではないのに、自分が破れていく。

寝ているあいだに、家に泥棒が入ったとしよう。泥棒は私より力が強くて、周りに凶器になりそうなものがたくさんあったとしよう。起き上がって泥棒だと叫んだら殺されそうだったから、泥棒が家を出るまで目を閉じたまま寝たふりをしたとしよう。それでものすごい貴重品を盗まれたとしたら、それは私の間違いだろうか。命がけで飛びかかり泥棒に押さえ込まれてしまったとしよう。私が怪我したり骨を折ったりしたとしたら、泥棒は物を盗まなかっただろうか。抵抗したすえに殺されたとしよう。泥棒は物を盗まなかっただろうか。私が大声で叫んだり死ぬほど抵抗したりしなかったとしたら、泥棒にはなんの罪もないのだろうか。みんなはそうだと言う。泥棒より盗まれた私の罪が大きいと。おまえが盗まれるようなことをしてしまったと。私は知らなかった。自分の身の回りでどんなことが起きているかも知らなかった。怖かった。でも、誰も私の話を信じてくれない。私を疑い、私の落ち度を責めてばかり。私の人生が失敗してしまったかのように言う。勉強もできてしっかりした子なのに、物事をちゃんと理解できて、言いたいことをちゃんと言葉にできる子がされるがままにしていただなんてあり得ないと。いまどきの子はずる賢いと。泣いて言ってるからって全部鵜呑みにしちゃいけないと。あの子が隠していることがあるだろうと。そんな言葉が、私に聞こえてこないとでも思ってるわけ?

みんなに恥ずかしくないのかと訊かれたときは、よくわからなかった。自分の気持ちに気がつかなかった。恥ずかしく思うべきだろうかと混乱していた。でもここまで書いてみてようやくわかった気がする。私は恥ずかしくない。私は苦しい。私にそんな口をきくみんなも同じ目に遭ってみるがいい。私がされたことを、同じような状況、同じような条件で経験してみればわかるだろう。どうしてされるがままになっていたのか。どうして恥ずかしくなくて苦しいのか。あなたたちがいま理解していないすべてのことについて、私に説明を求めているすべての疑いについて、私がいくら説明しても言い訳や屁理屈にしか聞こえないんだってわかってるよ。どうして私が言い訳をするの？　そんなの、加害した側がすることでしょ？　あなたたちにとっては、私が加害者なわけ？

私は恥ずかしくない。それは私が感じることではない。私にはなんの過ちもない。何も間違ってはいない。

2006年10月5日、木曜日

ジェヤの両親は朝方からスンホの家へ出かけた。ジェヤは朝九時頃に起きて、目玉焼きをつくり、牛乳とシリアルを取り出した。ジェニがパジャマ姿でキッチンに入り、鍋のふたを開けた。

わかめスープがないね。ジェニがツンとした声で言った。

明日が秋夕（チュソク）［陰暦八月十五日の節句。旧正月とともに、韓国で最も大事な祝祭日］だからね。おいしいものをたくさん作るだろうから。ジェヤがジェニの器にシリアルを入れながら返事した。

それは秋夕だから作るのであって、あたしの誕生日を祝うためじゃないもん。

どうせあんたは生臭いからって食べないじゃない。

お姉ちゃんがわかめスープ好きだもん。

私のことを思って言ってるわけ？

違う。

ジェヤはシリアルに牛乳を注ぎ、目玉焼きをジェニの前に置きながら訊いた。

ほしいものはあるの?

家族の愛と関心がほしい。

お金で買えるものでは?

オリンパスのデジカメ。

三万ウォン以下で。

ちょっと中途半端な金額だね。

ジェニがシリアルを食べながらしばらく悩み、言った。

スンホとお姉ちゃんでお金を出し合ってスニーカーを買ってくれたらいいな。

ジェヤはスンホにメッセージを送った。すぐに返事が来た。

いいって。夕方になったら街に買いにいこう。

いまじゃだめ?

いまから自習室に勉強しに行かなきゃ。来週から中間試験だから。あんたの学校はいつから始まるの?

知らない。

知ってるくせに。

お姉ちゃん、家で勉強しちゃだめ?

だめ。あんたがいるから。

あたしが何をするって言うのよ。

テレビを観るでしょ？　それじゃ、勉強に集中できないからね。

お姉ちゃんはすごくいい大学に行くつもりなの？

なんの話？

じゃなかったら、なんでいまからそんなに勉強するわけ？

勉強しないと成績が上がらないから。あんたももうわかるでしょ？　小学校と中学校の試験には天と地ほどの差があるって。

わからない。

わかってるくせに。一学期の中間テストが終わってから大泣きしたじゃない。期末テストが終わったあとも泣いたし。一週間後にまた泣くだろうね。

お姉ちゃん。

何？

今日、あたしの誕生日なんだけど。

おめでとう。私の妹に生まれてくれてありがとう。

夕方五時が近づいた頃に、ジェヤは自習室から出た。バス停でジェニとスンホが待っていた。バスに乗り、街に出ていくつもの店を見て回った。ジェニはジェヤとスンホが持ち合わせたお金より二万ウォンほど高いスニーカーをほしがった。それ以外は履けないと、他のスニーカーを履くくらいなら裸足のほうがマシだと。結局はジェヤとスンホのお金にジェニのお金まで足して、そのスニーカーを買った。町に戻ってショートケーキも買った。新しいスニーカーを履いたジェニは、有頂天になってよくしゃべった。ジェヤはジェニの話を半分だけ耳に入れながら、西の空に広がっている黄色い夕焼けを眺めた。まだ青々とした葉っぱたちが夕日に照らされながら、折れそうなまでに揺れている。いまの私たちの後ろ姿を写真に残したい、誰かが写真を撮ってくれれば、とジェヤは考えた。軽やかなクラクションの音が聞こえた。後ろを振り向く。黒い乗用車がゆっくり近づいてきた。

家に行ったらおいしいものがいっぱいあるだろうに、そのケーキはどうした？　おじさんが窓枠にひじをつきながら訊いた。

今日ジェニの誕生日なので。スンホが答えた。

一緒にパーティをするのか？

三人で、ですけど。

大人たちはあたしの誕生日を忘れてるんです。ジェニがつけ加えた。とげとげしく言ったが、まだ浮き立っている声だった。

キョンホは？

お兄ちゃんはあたしたちとは一緒に遊んでくれないんです。大人たちとばかり話して。

キョンホとジェヤと何歳違いだっけ。

二歳違いです。お姉ちゃんとあたしも二歳違い。うれしそうな姿のジェニは、おじさんの質問にてきぱきと答えた。

ジェヤは来年高校生になるんだね？

そうですと答えながら、今年に入って大人から同じことを百回以上訊かれている気がするとジェヤは考えた。

キョンホが一番上なのに、ふだんの様子からするとジェヤのほうがしっかりしてるよな。今日みたいに大人が忙しいときは、小さい子たちの世話もするし。

おじさんは上着のポケットから財布を取り出した。一万ウォンのお札を何枚かジェヤに渡しながら、誕生日パーティで必要なものを買ってと言った。ジェヤはそのお金を受け取るのをためらった。おじさんはジェヤの手にお金を握らせると、車をゆっくり出発させた。

砂ぼこりが舞い上がった。

会うたびにお小遣いをくれるね。お財布からお金が尽きることなく出てくる。

遠ざかっていくおじさんの車を見つめながら、ジェニがつぶやいた。おじさんがお父さんに給料を支払っていることを知ってから、ジェヤはおじさんからお小遣いをもらうのを居心地悪く思うようになった。結構です、と断ると、おじさんは「大人がくれたものは、ありがたく受け取ればいいのさ」と言って無理やりお金を握らせた。おじさんに嫌われたくはなかった。おじさんにしっかりしていると言われれば、もっとしっかりしなくちゃいけない気がした。いつもジェヤを先に呼んでいたおじさんが、ジェニやスンホに先に声をかけた日には、なんだか寂しい思いがした。ジェヤは手に握っていたお金をまさぐり、思い立ってスンホに渡してしまった。

これをなんで僕に？

スンホが慌てて尋ねた。

あんたが一番お金持ちだから。だから全部持ってて。

ジェヤは出まかせを言ってその場を離れた。

スンホの家には大勢の人がいた。キッチンにもリビングにも部屋にも。大人たちは集まってごはんを食べたりお酒を飲んだり花札をしたりしていた。ジェヤとジェニとスンホは、大人たちのあいだにまぎれて急いでごはんを食べて家を出た。いつの間にか闇がおりて、紺碧の空に金星が輝いている。ジェヤの家に入りながら、スンホが屋上に行こうと言った。屋上は寒くない？　とジェヤが答えた。あたしが上着と飲むものを持っていくから、とジェニが玄関を開けながら言った。ジェヤは倉庫からシートを取ってきて、スンホと一緒に屋上へと向かった。

秋は星がよく見えないね。屋上の真ん中にシートを広げ、スンホが並んで座って言った。私はよく見えるんだけど。ジェヤはスンホの相手をしながら東側の空を指さした。

あっちにカシオペヤ座とアンドロメダ座が上ってきてるよ。もう少ししたらもっとよく見えるだろうね。

どれくらいしたら？

地球がこれくらい回ったら。

夜空に向けて手のひらを思いっきり広げ、ジェヤは言った。昨年の冬に、ジェヤとスンホは一緒に『ギリシャ神話』を読んだ。昼には本を読み、夜になると昼間に覚えた物語を夜空から見つけようとした。

姉ちゃん、カシオペヤは椅子に座ったまま逆さまにされる刑を受けて、そのままの姿で星座になったと言うだろ。だけどさ、宇宙にも上下があるのかな。宇宙でも逆さまになることがあるのかな。

東側の空を見上げながらスンホが訊いた。子どもの頃は、夜空がまるで天国のように見えていたのに、いまではあちら側にも天国と地獄がまぜこぜになっているようだとジェヤは考えた。スンホがシートに横たわって大きくあくびをした。ひざを抱え込んで座っていたジェヤも、足をぐーっと伸ばして横になった。町のどこからか、わはははという笑い声が聞こえてきた。列車の音がだんだん近づいてきた。列車の到着を知らせるアナウンスの音も微かに聞こえてきた。風が吹いて、屋上の枯葉が踊るように転がった。

ペルセウス座の場所わかった？　夜空を見上げていたスンホが尋ねた。

いま探してるとこ。スンホと同じところを見上げながらジェヤは答えた。

姉ちゃんも好きな人っている？　ジェヤを見ながらスンホが尋ねた。

いま探してるとこだってば。夜空を見上げたままジェヤは答えた。

いや、好きな人はいるかって訊いたんだけど。

え？

誰だって好きな人がいるだろ。姉ちゃんにもいるのかなって思って。

階段を上ってくる音が聞こえた。ジェヤは階段のほうに視線を向けた。ジェニの頭が見えて、胸が見えて、手に持った上着と紙袋が見えた。ジェニはシートに腰を下ろしながら上着を二人に渡し、紙袋から缶ビールを取り出した。

冷蔵庫のドアを開けたらこれが目に入ったの。

ジェニが缶ビールを軽く振って見せた。スンホがわあああと感嘆の声を上げた。

だめだよ。

ジェヤが言った。

じゃあ、お姉ちゃんは飲まないで。

そうだね、姉ちゃんは飲まないでいいよ。

私じゃなくて、あんたたちはだめって言ってるの。

なんであたしたちだけだめなの？

姉ちゃん、お酒飲んだことある？

お姉ちゃんは友達と飲んだことあるって。

あんたたちはまだチビだから。

そんなこと言うなら、お姉ちゃんは今日からキョンホお兄ちゃんと遊んで。

そうだね、姉ちゃんは今日から兄ちゃんと遊びな。

ジェニが缶ビールを開けた。泡が吹きこぼれてシートがぬれた。ジェヤはケーキにろうそくを刺した。ビールを一口飲んだジェニが眉間にしわを寄せた。

なんなの、この味は。

ジェニはスンホにビールを手渡した。

麦コーラ（メッコール）にちょっと似てるよね。メッコールに何かを混ぜてるような味がする。

スンホがビールを味わいながらつぶやいた。ジェヤはマッチでろうそくに火をつけて一定のテンポで手拍子をした。スンホとジェニもジェヤのあとから手拍子をした。誕生日を祝う歌を歌おうとすると、ジェニが別の歌を歌いはじめた。ワンフレーズが終わる前に、スンホとジェヤも一緒に歌いはじめた。歌詞を知らないところは少しごまかしたりして「行くなよ、行くなよ、行かないでよ」のところが始まると、みんなで声を合わせて大きく歌った。風でろうそくの火が消えた。一番を歌い終わると、みんな腹を抱えて笑った。

なんでこの曲がわかるの？　ジェニがスンホに訊いた。

わからないけど、前から知ってた。

やだ、なんでみんな知ってるわけ？　ジェニが半分泣きながら笑顔で言った。

これって何ていうタイトルだっけ。スンホが訊いた。

ケトン虫。

ケトン虫って何だっけ。どんな虫だっけ。

ホタルだよ。

ホタルがケトン虫だって？

だけど、なんで誕生日に、こんな歌を歌ってるんだ？

わからないけど、ただ思い出したからね。

ホタルってなんでケトン虫って言うんだろう。

あだ名なんじゃない？　あんたはイ・スンホだけど、シロクマでもあるもんね。

シロクマ？　スンホがシロクマなの？

この子ってね、いまもシロクマって呼んだら振り返るからね。

笑いが落ち着いた頃に、ジェニがビールを一口飲んでから言った。

これから誕生日にはこの歌を歌おうよ。「ハッピーバースデー」なんてつまらないもんね。あの歌は歌ってるうちに元気がなくなる。

誕生日に歌うには、歌詞がちょっと悲しくない？

最初にケトンの墓って出てくるだろ。ケトン虫はケトン虫であって、ホタルじゃないと思うよ。

あんたはケトン虫が何かわからないでしょ？

おまえもだろ？

あたしは知ってる。泣きながら眠りにつく虫は、みんなケトン虫だよ。

それはともかくこれを誕生日に毎回歌おうって？

ジェニがふたたび、ろうそくに火をつけた。ジェニが歌いはじめた。三人は手拍子を打ちながら肩を揺らし、そのうち立ち上がって踊り出した。遠くから警笛の音が聞こえてきた。

2007年3月19日、月曜日

夕方になって放送部が初めて全員集合した。三年生の先輩たちが食べ物を両手いっぱいに買ってきた。一人ずつあいさつをしたけれど、ドキドキした。ミン・ソヨン先輩もいた。先輩があいさつすると、みんなが歓声を上げた。まるで芸能人でも見ているかのように。先輩が私を、入部申込書の内容がよかったと褒めてくれた。私は顔が真っ赤になって何も言うことができなかった。アナウンサーやプロデューサーになりたくて入部を申し込んだ子が多い。放送作家になりたい子はあまりいなかった。一年生の時は先輩たちの仕事を見て学び、二年生になれば私にも原稿を任せてもらえるという。音楽も自分で決められる。もちろんそのときまで放送部に残っていないといけないのだが。途中で辞める子が多いらしい。一人ずつ自己紹介をし、ケーキやパンやのり巻きなどを食べてからくじ引きをした。私は毎週月曜日の昼に、ウンソと一緒に放送を手伝うことになった。ウンソは五組で、テジョン女子中の出身だ。ショートヘアで、髪の色は黒く、私より二十センチくらい背が高い。笑うときにうつむいたまま頭を左右に少し揺らす癖が魅力的で、ウンソが笑うのをいつも心待ちにしている。ウンソは寡黙なタイプで、声がよく通る。ウンソが私の携帯電話の番号を登録しながら、かわいい名前だねと言っていつものように笑った。ソヨン先輩に私のことを覚えてもらったし、ウンソに出会えたし、放送部に入って本当によかったなと思う。競争が相当激しかったけれど、運がよかった。最後まで残れて、いつか三年生になれば、私も今日の先輩たちのように食べ物をたくさん買っていこうと思う。

2007年4月11日、水曜日

数学の時間に居眠りしているところを先生に見られてしまった。私は自分が寝落ちしたことにも気がつかなかった。黒板を見て一瞬目を閉じたのに、先生に名前を呼ばれた。目を開けてみると、私は机につっぷしていた。びっくりして頭を上げた。先生が眠かったら教室の後ろに立っていてもいいと言った。英語の先生なら大声で叱りつけたりして大騒ぎになっただろうに。数学の先生が好きだ。もっと数学ができるようになりたいけれど、ちょっと難しすぎる。中間テストでは良い点数を取りたい。先生に名前を呼ばれたとき、目を覚ます直前に、私はとても甘い夢を見ていた気がする。先生の声がとても甘ったるく、あたたかく聞こえたのだから。それで目覚めたときによけいにびっくりしてしまった。夢がガラガラと割れてしまったし、氷水を頭から被せられたような気がした。この頃はいつも眠い。休み時間にも、授業中にも隙あらば寝ている。寝て起きても疲れが取れないので、ずっと寝ていたい。中学校に入ったばかりの頃のことが思い出される。入学してからしばらくは、いつ家に帰れるんだろうということばかり考えていた。あのときも疲れていたけれど、授業中に寝落ちすることはなかった。私はまだ慣れていないのだろうか。もう慣れているのだろうか。すっかり慣れて眠くなるのか、慣れようとしているから眠くなるのか。これからの三年をこのような眠気の中で過ごすことにはならないだろう。来るな、眠気。あっちに行け。今日生理が始まって、スジョンからナプキンを借りた。売店にナプキンを買いにいったらソヨン先輩がいて、チョコを買ってもらった。もったいなくて食べられず、ロッカーに入れたままにしている。夜間自習の時間にも、半分くらいは寝ていた。計画をちゃんと立てておいたのに、半分もやれなかった。達成できなかった計画が積もり積もって、巨大な山になりそう。

2007年4月13日、金曜日

朝学校に行こうとしてバスを待っていて、おじさんに会った。道を挟んで反対側からクラクションの音が聞こえて目を向けるとおじさんがいた。窓を開けて大声で私の名前を呼ぶものだから、周りの子たちの視線が私に集まった。おじさんは車をぐるっと回して私の前に停車すると、学校まで送ると言った。おじさんはわが校には伝統があるだの、この学校出身で判事になった人もいるだのと話し、校長先生やほかの先生たちのこともよく知っているから今度校長先生に会ったら私の話を耳に入れておくと言った。私はやめてほしいと、誰にも私の話はしないでほしいと頼んだ。嫌なのかとおじさんが訊いた。もちろん嫌だった。私は絶対に、校長先生の知っている生徒になりたくない。赤信号になったとき、おじさんが俺の番号を知ってるかと訊きながら名刺を渡してくれた。名刺には大きく書かれた会社名のほかに、小さな文字でなんとか委員長、なんとか部会長といった肩書がびっちりと記されていた。どうすればこんなにたくさんの仕事を一度にできるのだろう。おじさんは何歳くらいだろうか。大人の年齢はまだ見当がつかない。三十歳はとっくに超えているんだろう。大人たちがおじさんを若いのにすごいと褒めているのを聞いたことがある。

何歳くらいなら若いってことになるのだろう。うちの学校を出て判事になったという人の話は初めて聞いたけれど、私はそういうタイプの話があまり好きではない。判事になったのは、この学校の出身だからではないだろうから。自分で一生けんめい勉強した結果だろう。なのに大人たちはそうやって変なつながりを見出そうとする。ときどきおじさんに嫌気が差すことがあって、それはおじさんがどんなことでも名声やお金などで物事を判断していると思うときだった。でもそうじゃない大人なんていないだろう。お母さんとお父さんもそうだし。大人だけでもない。私の友達も一緒だ。それに私も。でも私はそうなりたくない。そうなりたくないという気持ちを抱きつづけることが大事だと思う。そうすれば少しはやめられるだろうから。おじさんの名刺を制服のポケットに入れておいた気がするのに、家に帰ってみると見当たらなかった。

2007年4月17日、火曜日

今日も学校に行くバスを待っていて、おじさんに会った。またおじさんの車に乗せてもらった。おじさんはこれから毎日乗せていくこともできると言った。出張に出かけたり急用があったりする日でなければ、毎日学校まで送れると。私が断ると、おじさんはまた、どうせ出勤の通り道だし、バスより車のほうが楽じゃないかと念押しした。私は結構だと、バスに乗るのが好きだと言ってもう一度断ったけれど、おじさんが今度はそこまで遠慮しなくていいと言った。毎日おじさんと時間を合わせるのも大変だろうと、本当に大丈夫だともう一回断らなければならなかった。大人に面と向かって嫌だと言うのは失礼な気がして、大丈夫ですと答えているわけだが、よくよく考えてみるとおじさんだけではなく、ほかの人たちもみんな同じだ。断っていることに気がつかず同じことを繰り返して、大丈夫だと答えているうちに私はちっとも大丈夫ではなくなる。おじさんが車に乗せてくれてありがたくはあったけれど、複雑な気持ちになってしまった。ウンソにそのことを打ち明けたら、ウンソは自分も同じような経験をしたことがあると、それで一度返事をしたらそれからは相手をしないと言った。嫌ですと言うのが苦手な私に、果たしてそんな対応ができるかわからないと言うと、一緒に練習しようとウンソは言った。嫌です、と言ってみて。ウンソが言った。私はウンソを見ながら、嫌じゃないと思った。ウンソとは一緒に練習できる気がしないと答えた。嫌だと言ってみてよ。やーだ。嫌だと言ってみてってば。やーだもん。そんなやりとりをしながら、私たちはケラケラ笑った。ここに嫌だという単語を何度も書きつづけていると、嫌という言葉がどんな意味かわからなくなる。私が知らない言葉みたい。

2007年4月22日、日曜日

ジェニとスンホと一緒に花見をしに行った。自転車に乗って川辺に下りてみると、大勢の人がいて騒がしかった。ひと気の少ない場所を探して走りつづけるうちに、チョンアン里にたどり着いた。いつもバスで通っているだけで町内に入ってみるのは初めてなので緊張したけれど、ジェニとスンホが一緒にいるからそれほど心配にはならなかった。畑道(はたみち)をまっすぐ走ると、果樹園と小さな山が見えた。果樹園の隣の道沿いに、大きかったり小さかったりする桜の木が何本か立っていた。辺りには車も家も人も見当たらず、私たち三人と木と花だけだった。桜の花びらが舞い落ちて地面が白くなっている。風が吹くと白い花びらが小さな渦を巻きながら転がった。今日はわざと昔使っていたフィルムカメラを持っていった。携帯電話のカメラで写真を撮ったほうが楽ではあるけれど、印刷するのを怠けてしまうから。三人で、二人で、一人でと写真を撮るうちにフィルムが切れてしまった。

木の下に腰をかけておしゃべりをしていると、スンホが秘密を打ち明けてきた。あれは本当の秘密だから、この日記にも絶対書かないつもりだ。スンホの話を聞いてジェニがあまりにもひどくとがめるので私は何も言わずにいたけれど、実は私もスンホと同じような秘密を持っている。スンホと二人だけだったなら、私の秘密も打ち明けただろう。

町に戻ると、店に入ってのり巻きとラーメンととんかつを頼んで一緒に食べた。お腹がいっぱいになると元気が出た。自転車に乗って今度はヒョン洞まで足を延ばしてみた。廃校の校庭で夕焼けを眺めた。フィルムを切らさないで何枚か残しておけばよかったと後悔した。

久しぶりにジェニとスンホと丸一日を過ごした。子どもの頃はいつも一緒だったのに、この頃はなかなか時間が合わないし、この先はもっと厳しくなりそう。このあいだ伯母さんとお母さんがスンホについて話しているのを聞いたことがある。スンホが思春期なのか口数が減り、なかなか家にいようとしないと。家にいても自分の部屋にこもって出てこないと。スンホは大人しい子だからと思春期のことは心配していなかったのに、いつもと様子が違いすぎて心配だと、伯母さんは言った。今日スンホと一緒に時間を過ごしてみて思ったことは……口数が少し減った気はするけど、もともとおしゃべりな子ではなかったし。伯母さんが言ったみたいに、とがっているとか反抗しているとかという感じはなかったし。少し暗くなったかなという感じはあるけれど、それはジェニだって同じだし。私たちにはそれぞれの陰というものがあるから。私はその陰が悪いものだとは思わないし、ときどきその陰がそのひとを固有のものにしてくれる気さえする。

大人たちは気づいていないかもしれないけれど、私だってそうだ。悪態をついたり泣いたりしたいし、死にたいし、自分がみじめに思えたり胸がふさがったり不幸に思えたりするのに変なことで笑いが止まらず、誰にでも胸がときめく。いや、誰にでもではない。ときどき、人生を一度生きてみたような気がするときがある。球体のようなものに閉じ込められているような気がするときもあるし。大人になった私がいて、いまの私を見ている気がするときもある。その気分は、まぎれもない本物だ。

ときには、いまの私が大人になった私を見ている気がすることもある。大人の私は、なんというかちょっと若いおばさんって感じがする。大人の私はいまよりは垢抜けているけれど、依然として平凡そのものだ。難しい音楽を聞くし、曲名もちゃんと覚えられる。大人の私はいつも一人で歩いている。大人の私は不思議といつも秋を過している。秋を背景に、秋の服を着て、少しばかり寒そうにしている。

スンホは中学生になってから教会に通わなくなった。小学生のときも教会に友達がたくさんいたから通ったまでだという。スンホは教会に行くのをやめたけれど、お母さんとお父さんは去年から教会に一生けんめいに通っている。神様を信じるからではなく、教会に友達がたくさんいるから行くようだ。

地面に落ちていた花びらを少し持って帰ればよかった。本のあいだに挟んで押し花を作っておけば、いつかそれを見て今日を思い出せるだろうに。

廃校の校庭にも桜の木があった。夕日が沈むときに、ライラックの香りが風に乗って漂ってきた。まだライラックが咲く頃ではないはずなのに。早咲きしたライラックが廃校のどこかにある。

チョンアン里の小川の水はとても透き通っていてきれいだった。水に手を入れると、冬の扉の取っ手のように冷たかった。

スンホは背がさらに伸びた。いつでも私よりは大きかったから、どれくらい伸びたのかにわからないけれど、確実に伸びているという実感がある。スンホは疲れることなく自転車のペダルを漕いだ。ゆっくり行こう、と十回以上言った気がする。

私はジェニの繊細なところが好きだ。繊細ではないジェニは、ジェニじゃない。でもたまにはジェニがどのポイントで怒ったかどうしても理解できないときがある。ジェニも私と同じようなことを思っているだろうか。

桜の木の下で、ジェニが慶州（キョンジュ）に旅行に行ったときの話をしながら、「燦爛（さんらん）とした墓」と言った。ジェニがそういう単語をさらっと口にするたびに、私は一人でビックリしてしまう。

今日が終わってほしくないから、日記を書くのを終わらせたくない。

2007年12月24日、月曜日

ジェヤとジェニは二人並んで立ってキムチチヂミを焼いた。スンホが玄関ドアを開けて入ってきた。何それ？　ジェニがスンホの手にぶら下がっている紙袋を見て訊いた。スンホは紙袋を開けて、中に入っている焼き芋をジェニに見せた。ジェヤの部屋にちゃぶ台を広げて食べ物を運んだ。スンホはジャンパーを脱ぐ前にポケットからミカンを一個ずつ取り出した。外側ポケットと内ポケットから十個以上のミカンが出てきた。ジェヤはパソコンをつけて、映画のフォルダーから『Love Letter』を探してクリックした。三人は黙って映画を見た。それは去年ジェニが決めたルールだった。映画を見るあいだは絶対話をしてはいけないというルール。

初恋に似てるからということで好きになったわけ？

映画が終わるとすぐにジェニが訊いた。少し怒っているようだった。

というより好きなタイプがはっきりしているということじゃないかな。おまえだって、好きだった人を思い出してみな。みんな似た顔だったりしてないか？

あたしが好きだったのは一人しかいないから。

これまで好きになったのが、一人だけだって?

そう。

誰だよ。

好きじゃなくなったら教えてあげる。

片思いなんだな。

あんたはどうよ。

僕はまあ。

あんたの好きなタイプははっきりしてるの?

もちろん。

教えてよ。どんなタイプが好きなの?

僕が好きになる人。

あんたが好きになる人が好きなタイプだって?

スンホがミカンの皮をむきながら頷(うなず)いた。ジェヤは雪が降っているかどうかが知りたくてカーテンを開けた。星がはっきりと目に入った。玄関ドアを開ける音と一緒に両親の声が聞こえた。スンホが来てるの? お母さんが訊いた。スンホが部屋のドアを開けてぺこりとお辞儀をした。外に出よう。スンホがジャンパーに腕を通しながら言った。寒いのに外に出ようって？　ジェニが毛布を肩まで被りながら言った。そんなに寒くないよ。どこに行く？　どこにでも。家にいるとつまんないから。ジェヤが戸棚を開けて上着を取り出した。スンホがマフラーをハンガーから下ろしてジェヤに渡した。ジェヤはマフラーを巻きながら、スンホとジェニのやりとりを思い返してみた。私はこれまで誰を好きになっただろう、と考えてみた。似ている人について考えた。

海を見に行きたいなあ。

門を開けながらスンホが言った。

やだ、さっき寒くないって言ってたじゃない。

ジェニが上着についているフードを被りながらスンホの背中を叩いた。

明日三人で正東津（チョンドンジン）［韓国の東海岸にある日の出の名所］に行かない？

許可してもらえないと思う。

三人で行くと言ったら大丈夫だと思うけど。それか、何も言わないで行こうよ。朝行って、夕方に帰ればいいだろ。

塾は？

明日は祝日だよ。

街灯の向きによって三人の影が一つになったり二つになったりまた一つに重なったりした。ジェニとスンホは海を見にいくのかどうかをめぐって、ときどき言葉を交わしていた。いまどこに行くかをまず決めよう、とジェヤが言った。カラオケでも行く？　それともカフェにする？　バスに乗って街に行ってみてもいいし、と話すうちに、交差点にたどり着いた。メッセージの着信を知らせる通知が鳴り、スンホが携帯電話を取り出した。

花火を見にいくのはどう？　川辺で花火大会があるって。チョンウが暇なら一緒に見にいかないかって。

そうだ。あたしも垂れ幕がかかってるのを見たよ。川辺で年末フェスをやるって。

そうそう、それ。フェスの最後に花火を打ち上げるってよ。

三人は川辺のほうへ足を向けた。ロッテリアの前でスンホの友達二人と合流した。ジェニは二人とも知っていて、ジェヤは知らなかったけれど、なんとなく顔見知りのような気もした。

この子がチョンウで、この子はテヒ。みんな同じ塾だよ。

ジェニがジェヤに友達二人を紹介した。ジェニ、チョンウ、テヒが前を歩き、ジェヤとスンホはその後をついて歩いた。

あの子はブレイクダンスがうまいんだよ。全国大会にも出てる。スンホがテヒを指さしながら言った。

スンホはもう絵を描かないの？　大会にも参加していないみたいだし。ジェヤがスンホに訊いた。

描かないね。

なんで？

中学生になって美術教室を辞めたからさ。そう言いながらスンホはクスッと音を出して笑った。ずっと頑張ってたからもったいないよね、とジェヤが言った。僕はそう思わないけどね。何とも思わない。描いてって言われたから描いただけで、好きで描いてたわけではなかったみたい。

それじゃあ、私は文章を書くのが好きで作文コンクールに参加したのだろうかと考えを巡らすうちに、ジェヤはふとウンビのことを思い出した。ウンビからもらったノートに日記を書いていたときはウンビのことをよく思い出していたのに、いつからかすっかり忘れてしまった。何年か前に作文コンクールでウンビの話を聞いたときは、ただただ驚くばかりだった。いまではちょっと別のことを思ったりする。どうしてウンビが姿を消してしまったのかという疑問がわく。ウンビに悪いことをした先輩たちは、どのようにして暮らしているのだろう。この町から離れていなかったら、一回くらいはすれ違っていないだろうか。向こう側から黒い服を着込んだ五、六人の男たちが大声を出して騒ぎながら歩いてきた。ジェヤは彼らをじっと見つめながら考えた。ウンビはたくさんのものを失ったのだろう。そして私はウンビを失っている。失って、失ったという事実さえ忘れてしまって。ウンビはどうしているだろうか。ウンビはみんなから忘れられることを願っているのだろうか。忘れないというのはどういう意味だろうか。どこにいるかも知らないくせに、ウンビを思いつづけることになんの意味があるのだろう……狭い歩道には、街路樹と街灯がぎっしり並んでいる。男の群れを避けようとしてジェヤは車道のほうによろめいてしまった。片手を街路樹に当てて体のバランスを保とうとして、ジェヤはようやく気づいた。ウンビとあの出来事を離して考えることはできないということに。ウンビを思い浮かべると、ウンビがされたことを一緒に思い出す。誰かの記憶の中でさえ、ウンビは自由になれなくなったのだ。前から二人の女性が歩いてきた。ジェヤは二人のうちの一人がウンビだったらどうなるんだろうと想像した。きゃっきゃっと笑いながら喜ぶことができるだろうか。元気だった？　どうしてる？　なんで連絡しないのよ！　と訊くことができるだろうか。するとウンビはなんて答えるだろうか。連絡できなくてごめん、と変に謝られたらどうしよう。気をつけなくちゃと思い、言葉を選んだり顔色をうかがったりしてウンビによけい寂しい思いをさせたらどうしよう。ウンビについて思えば思うほど、ジェヤはだんだん深く後悔し、無力感に襲われた。わかる気がした。ウンビが姿を消した理由が。三年前は思ってもみなかったことだった。ウンビがされたことが、いまさらながらジェヤに重くのしかかった。私ならどうしたんだろう。どう生きていったのだろう。

姉ちゃん、どうした？

スンホがジェヤのひじをつかんだ。

どうしたんだよ、急に。

スンホがジェヤの両腕をつかんで歩道の内側に導いた。考えが途切れ、目が覚めた。

ジェニの姿が見えなかった。

ジェニは？　ジェニはどこにいる？

あっちで川辺のほうに道を渡ったよ。それなのに姉ちゃんはずっとまっすぐに歩くもんだから。いくら呼び止めても気づかないし。

ジェヤは辺りを見渡しながらジェニを探した。スンホがジェヤを見ながらぼやいた。

何かあった？　姉ちゃん、何を考えてるの？

ジェヤはスンホの表情を見て自分がどんな表情をしているか推しはかってみた。

……私、行きたくない。

川辺に彼らがいるような気がした。彼らが笑顔でフェスを楽しんでいそうな気がした。

わかった。行くのはやめよう。

ジェニも行かないほうがいいと思う。

わかった。電話する。

スンホが携帯電話を取り出して短縮ダイヤルの番号を押しながら、ジェヤの腕をつかんでビルの階段を上がった。ジェニが電話に出ないのか、終了ボタンを押してからもう一度通話ボタンを押した。ジェヤは唇を噛んだまま通りすがりの人たちを眺めた。道を歩く人たち。横断歩道で信号を待つ人たち。運転する人たち。タバコを吸う人たち。タバコを吸いながら話し合っている人たち。どこにでもいる人たち。その中にいるかもしれないあの人たち。あの人たちの肩を持つ人たち。あの人たちが消してしまった人たち。

ジェニもすぐ来ると思う。こっちに来るようにと言ったから。

スンホが電話を切りながら言った。

一人で来るって?

たぶん。わかんないけど。

ジェヤが歩道に下りて歩きはじめた。

どこにいくんだよ。

スンホがジェヤの後ろを追いかけながら訊いた。

ジェニのところに。

こっちに来ると言ってたよ。行き違いになっちゃうかもしれないから……。

ジェヤは迷いなく歩いた。

一緒に行こうよ。スンホはジェヤのすぐ後ろを追いかけながら言った。

ちょっと、一緒に行こうってば。

2008年7月14日、月曜日

破ることができない。破ってはいけない。そんなことをしたら、いまの自分が説明できなくなる。いまが大切だ。美しき過去より大切だ。よりよい未来よりも大切だ。私はいま、生きている。だから次がある。私にも次があるはずだ。

私には人生が三回も四回もあるかのように考える人たち。すでに起きてしまったことだから仕方ないじゃないかと言い、今回の人生はこのまま、運がないままって、何考えてるんだろう、あんなことを、どうして運のよさや悪さで言えるわけ？　彼の人生だけが一度きりであるかのように、一回のミスで人生を棒に振ることになってはいけないと……。彼はすでに壊れているのに。自分で自分を壊し、私まで壊してきた人間なのに。

なのに、おまえにも落ち度はあると伯父さんは言った。
みんなに知られてしまった以上、損をするのはあんただと伯母さんは言った。

おばあさんは言った。誰にだってそれくらいの経験はある。時間が経てば記憶がかすかになり、なんともなくなって、いつかまた顔を合わせることもできるようになる。あんたがどうってことないと思ってさえくれれば、みんなで円満に暮らせる。

しおらしくて大人しい女の子って思っていたら、タバコやお酒にも手を出してるんだって？ 警察が言うには、処女でもなかったらしいから、どっちが先に始めたことかわかりっこないさ、と言った。校長だという人間が。

女の子ひとりでなんで裏路地に入るのよ、怖いもの知らずよね。そもそもそういうところに行かなければあんな目に遭うこともなかっただろう。誰の間違いか白黒はっきりさせようとしたらキリがないと、果樹園のおばさんは言った。

私の身になってくれる人はいなかった。私の身になりたくないのだろう。私にあったことが、自分たちには起こるはずがないと信じているのだろう。どうしたらそう思えるわけ？ それが理解できれば、人生の次のステップに進むための道が開けるだろうか。記憶を記憶のままにしておいて、感情を取り除くことができるだろうか。彼は私を理解しようとしないだろう。私は彼を理解したい。つらいから。私になんであんなマネをしたのかがわからなくてつらいから。そうしないことだってできたじゃない。やってはいけないことだったじゃない。理解って何だろう。わかるようになるということだろうか。なんであんなマネができたのかを知ること。もし私がそれを理解したら、その後も私という人間は生きつづけられるだろうか。彼のことを理解してしまった自分をがまんできるだろうか。

みんなは私がされたことを、塵ほどのことにしか思っていない。塵みたいに小さなことだから忘れろと言う。塵ではない。押しつぶしてしまうほどの山だ。身動きできない。私は生きている。体を動かすことができる。歩いて、見て、話して、走ることができる。泣いて、笑って、考えることができる。私は書くことができる。私はやっている。私にはできる。

2008年7月14日、月曜日

早朝から雨が降った。朝なのに外が暗い。ジェヤは寝坊をした。お姉ちゃん、あたし先に行くね。ジェニが出かけながら言った。髪の毛を乾かして、制服を着て、リュックをしょって、ジェヤは玄関ドアを開けた。傘立てに残っている傘を広げたが、うまく開かなかった。傘の手元を片手で持ち、もう片方の手で下ろくろを固定しながらジェヤは道を歩いた。コンビニでビニール傘を買ったあとに壊れた傘を捨てて、バス停に移動してバスを待った。車がジェヤの前に止まった。雨が強いから早く乗って、とおじさんは言った。おじさんはジェヤの遅刻を心配しながら急いで車を走らせた。ジェヤは遅刻することなく学校に着くことができた。バスだったら遅刻していただろう。いいタイミングでおじさんに会えてよかった、とジェヤは思った。昼ごはんの時間にスンホからメッセージが届いた。今日も夜間自習するつもりかと。サボってもいいと返事した。すると夕方にあそこで待つと返事がきた。雨は大降りになったと思ったら、弱まり、また大降りになることを繰り返した。ジェヤは夕方に学校を出て、バスに乗って町にたどり着いた。イヤホンをして歌を聴きながら駅のほうへ歩き出す。ビニール傘を差して音楽を聴きながらいまがいいと、ジェヤは思った。この夏の雨、この風、この足取りのすべてが好きだと。夕飯を食べていなくてお腹がすいたが、その空腹感も好きだった。コンビニに入ってサンドイッチとコーラを買った。駅から広場のほうへ左に五十メートルくらい進めば駐車場に出るし、もう少し奥まで進むと雑木林があって、雑木林にはサビておんぼろなコンテナが二つあった。コンテナは使われそうにない備品や、肥料なのかセメントなのか見当もつかない袋やがらくたなどでごった返している。ジェヤとスンホは春にそこを発見し、それから何度も訪れた。駅の広場を通り過ぎて駐車場を横切り、ジェヤはコンテナのドアを開けた。スンホはいなかった。中に入って隅っこにあるプラスチック製の引き出しを開けた。ライターが入っていた。ジェヤはリュックを下ろしてタバコを一本くわえると、火をつけた。イヤホンを外して後ろを振り向いたそのとき、ドアの前に立っているおじさんが見えた。ジェヤは仰天してタバコを床に落とした。コンビニで見かけて呼んだけど、音量を大きくして音楽を聴いてたんだね。おじさんが笑顔で言った。おじさんはコンテナの中に入り、床に落ちたタバコを拾ってジェヤに渡した。タバコを吸うとは思わなかったな。でも、タバコはどうやって手に入れるんだ？　年齢確認はされなかった？　ジェヤはタバコを手に持ったままおじさんの視線を避けた。気にしないで吸っていいんだ。俺はそんなに古い人間じゃないから。俺もジェヤくらいのときからタバコを始めたんだよ。君だって大人とほぼ変わらないし。来年にはもう大人だろ？　ジェヤはタバコをこすって火を消した。おじさんはジェヤの反応がおもしろいと言わんばかりにゲラゲラ笑った。おじさんはここで少し待ってて、と言ってコンテナから出ていった。ジェヤはおじさんがお母さんとお父さんにタバコの話をしたらどうしようと心配になった。おじさんが校長先生うんぬんと言っていたことも思い出した。まさか、警察を呼びにいったんじゃないよね。ジェヤはしばらく迷って、待つことにした。とりあえず待ってみようと。それからおじさんの話を聞いてみよう。間もなくしておじさんが戻ってきた。黒いビニール袋を手にぶら下げている。おじさんは袋からタバコのカートンを取り出して引き出しにしまった。プレゼントだと言った。おじさんから漂う酒の匂いが鼻を刺した。おじさんはビニール袋から缶ビールとのり巻きなどを取り出しながら、気を遣う相手と酒を飲んだせいで小腹が空いたと言った。夕飯は食べた？　おじさんが缶ビールを開けながら訊いた。大丈夫。そんなに怖気づくことないさ。いまはものすごい過ちを犯しているみたいに思っても、年を取ってみるとすべて思い出になるから。ジェヤを見るたびに、君の年頃だった自分を思い出してうれしくなるんだ。いまもな。心配しなくていいよ。おじさんはプラスチック製のケースをひっくり返して腰を下ろし、ジェヤにも座るように勧めた。ジェヤは言われたとおりにした。おじさんはジェヤに缶ビールを一つ開けて渡した。ジェヤはそれを受け取って手に持ったままにしていた。コンテナの中はだんだん暗くなり、雨の音は強くなった。おじさんはのり巻きを食べてからビールをぐいっと飲み込んだ。俺はジェヤに会うとうれしいからなんでもしてあげたいんだけど、俺に馴れ馴れしくしてほしいのに、君がなかなか距離を縮めてくれないからさ。これを機にもう少し楽な関係になろうよ。お父さんやお母さんに言いにくいことがあったら、俺に相談していいからね。俺に解決できないことはないからさ。時間が経つのが早すぎるよな。君は社会に出たらモテるだろう。いまだって君のことが好きって言う男が多いだろ？　おじさんはビールを飲みながらいろんな話をまくし立てた。ジェヤは少しずつ緊張がほどけた。おじさんがびっくりした自分を落ち着かせようと努力しているように見えた。思えば、いつもそうだった。おじさんはいつも先に話しかけ、先にやさしくしてくれ、先に理解してくれた。おじさんはほかの人たちにタバコの話を言いふらしそうになかった。楽に考えていいというから、楽に考えたかった。ジェヤはビールを少し飲んだ。おじさんは缶ビールをもう一つ開けながら言いつづけた。ジェヤは聞き返したり、返事したり、笑ったりした。そうこうするうちに退屈になり、脚を伸ばしながらあくびをした。おじさんがぐっと近づいてきた。ベルトを外しながら、片手でジェヤの頭を押さえつけた。首が折れそうだった。

　君のことが好きだ、とおじさんは言った。泣かないで、君のことが好きだ、君は本当に特別な子だ、君のことが好きでたまらないと言った。おじさんはジェヤを起こして制服についた汚れをはたき落とした。それからゴミをビニール袋につめて、コンテナの中を片づけた。これからも俺は君の面倒を見るし、責任を取るつもりだ、これからもここで会おう、いや、もっとすごいところに連れていってあげると言った。おじさんがコンテナのドアを開けて傘を広げ、ジェヤに出てきてと手招きをした。おじさんはジェヤに傘をさしてやりながら、片手で肩を包み込んだ。ジェヤは前方だけを見ながら歩いた。駐車場に到着すると、おじさんは車のリモコンを取り出して、話があるから車に乗るようにと言った。ジェヤは駅の広場を見た。街灯が輝いている。行き来する人々が見えた。車の中で、おじさんは言った。難しく考えることはない。ジェヤのお父さんと一緒に働いてきた時間もあるし、これからも一緒だろうから、君と俺の関係がこじれて良いことはないだろ。俺がどういう人間かはジェヤもわかるはずだ。君のやりたいことは俺が全部聞いてあげられる。でもそのためには、今日あったことも、これからのことも、誰にも言ってはいけない。それくらいのことは君にもわかるだろ。しっかりしているから。頭のいい子だから。心配しなくていいよな？　ジェヤは頷いた。やっぱり君は別格だ、と言いながら、おじさんはジェヤの体を触り、キスをした。おじさんの携帯電話が鳴り出した。電話に出ないでいると、鳴りつづけた。おじさんは電話に出て、いつもと変わらない調子であいさつをした。先に帰ると言って、ジェヤは車のドアを開けた。おじさんが電話をしながらジェヤを引き止めたが、ジェヤはドアを閉めて広場のほうへ足早に歩き出した。爪で引っかかれたように痛かった。足の力が急に抜けた。いまにもおじさんが追いかけてきそうだった。ジェヤは駅舎の中へと駆けこんだ。白い蛍光灯の光で目がチカチカした。よろめいた。めまいがした。おじさんが駅舎に入ってきそうだった。ジェヤは女子トイレに逃げ込んだ。空いた個室に入り、ドアのカギを閉めてしゃがみこんだ。夢を見ていたような気がした。何かが間違いなく起きたのに、どんなことが起きたのか状況を整理することも判断することもできなかった。どうしていま駅のトイレに隠れているのかもわからなかった。スンホに会う予定だったのに、スンホは来なかった。スンホではなく、おじさんが来た。携帯を取り出してスンホに電話をかけた。スンホは電話に出なかった。電話を切ってかけ直した。もう一度かけ直した。またかけ直した。スンホは電話に出なかった。

2

2008年7月14日、月曜日

スンホは五歳から自転車に乗っている。小学校も中学校も自転車で通った。自転車で二時間もかかる遊園地にも、友達と何度も遊びにいってきたし、休みには国道を走って市をまたぐこともあった。自転車に乗るのは自信があった。

その日、スンホは片手でハンドルを持ち、もう片方の手で傘を差した。警察署と市民センターを通り過ぎて交差点を渡った。郵便局の前からは傘の取っ手を肩とあごのあいだに挟んで走った。小学校と文房具屋を通り過ぎ、角を曲がりながらふたたび傘を手に持った。緩やかな下り坂が始まった。雨脚が強まった。スンホは早くコンテナに着きたかった。自分が先に着いてジェヤを待ちたかった。傘がしきりに視野を遮ったが、慣れている道だ。何千回も通った道だ。信号が変わるタイミングさえ完璧に把握している。そっとブレーキをかけながらハンドルを曲げようとしたそのとき、観光バスが現れた。急停止の音が聞こえて、スンホは投げ出された。すぐに救急車が到着した。市内の病院で応急措置を済ませたあと、スンホはもっと大きな市にある大学病院に搬送された。右側の顔から足までが傷だらけになり、脳しんとうを起こしていた。すねの骨折がひどくて、すぐに手術の予定が決まった。一週間近く、スンホは集中治療室にいた。脳しんとうを起こしたせいで、事件当時のことやその後の状況を覚えていないだろうと医者は言った。

一般病室に移動してからも、スンホはしばらく寝てばかりいた。たまに目を覚ましたときは、スンホはどうして自分が横になっているのだろうと考えた。夢から目を覚ますと、まぶしさの中に母ちゃんがいて、目を覚ますと父ちゃんが見えた。目を覚ますとばあちゃんと叔母さんが見えて、また目を覚ますと担任の先生がいた。姉ちゃんとジェニはいつ来たんだろう、とスンホは夢うつつに考えた。きっと来てくれただろうに、ずっと寝ているせいで会えなかったんだろう、と思いながらまた眠りについた。

ある夜、目が覚めたばかりのときにもうろうとしていると、大人たちの声が聞こえてきた。あの理事長の馬鹿たれが昼間から飲み会に参加して、ずいぶん酔っぱらった状態でジェヤを追いかけて、ジェヤによれば目撃者もいないし、あそこのコンテナで、ジェヤも恥知らずに警察にまで行って、理事長のヤツが言うにはお互いに好きで……スンホは母ちゃんを呼んだ。しかし、話に夢中だった母ちゃんはスンホの声に気がつかなかった。スンホはもう一度母ちゃんを呼んだ。母ちゃんがスンホを見下ろした。

姉ちゃんが……。

寝言を言ってるの？

姉ちゃんが、どうして。

母ちゃんは看護師を呼び、看護師は医者を呼び出して、母ちゃんはあちこちに電話をかけた。また眠気が襲ってきたけれど、スンホは眠るまいと必死になった。いま自分が耳にしたことが、どういう話なのか知らなければならなかった。

2008年7月14日、月曜日

ジェヤは携帯を持って考えに耽った。誰に電話をすればいいのだろう。ジェニが思い浮かんで通話ボタンを押した。呼び出し音が聞こえてきたが、ジェヤはすぐに電話を切った。何をどう伝えればいいかわからず、怖かった。自分でも理解が追いついていないことを、どう説明すればいいというのだろう。携帯がブルブルと震えた。びっくりして携帯を落としてしまった。画面に発信者の名前がジェニと表示された。電話に出た。お姉ちゃん、どうしたの？　なんですぐ切っちゃったの？　ジェニは外を歩いているようだった。いまどこ？　ジェヤが訊いた。いま塾が終わったところだよ。友達とトッポギを食べて帰ろうかなと思って。ジェヤは言葉を続けることができず、黙ってしまった。お姉ちゃんはどこ？まだ学校？　ジェニが訊いた。ううん、とジェヤは答えた。じゃあ、どこにいるの？　もう家に帰った？　列車の出発を知らせるアナウンスが聞こえた。トイレのスピーカーから大きな音が流れたのだ。これ、なんの音？　ジェニが訊いた。ここ、駅なの。駅？　なんで？　ジェヤは何も答えられなかった。お姉ちゃん、どうしたの？　おかしいよ。なんでそこにいるの？　ジェニの声が少し小さくなった。不安になったようだ。スンホも一緒にいる？　ジェヤが訊いた。あの子、今日休んでたよ。もう一度アナウンスが流れた。お姉ちゃんはなんでそこにいるのかとジェニが繰り返し訊いた。通りがけにトイレに寄っただけだと、お母さんに電話をかけようとして間違えたのだと、ジェヤは辛うじて答えた。お母さんは家にいるはずだとジェニが言った。ジェヤは電話を切った。一人で駅から出られる自信がなかった。お母さんに電話をかけて迎えにきてほしいと頼んだら、でも、それをどう言えばいいわけ？　お母さんはきっと不審に思うだろう。お母さんに事情を説明しなくてはならないのだろう。だけど、何をどう、どこから説明すればいいわけ？　メッセージが届いた。おじさんからだった。家に帰ったのかと訊いている。ジェヤは携帯電話を持ったまま唇を強く噛みしめた。おじさんから電話がかかってきた。ジェヤは携帯電話を持った手をぎゅっと握りしめた。しばらくして振動が止まった。電話もメッセージも無視しつづけたら、おじさんは家を訪ねてくるかもしれない。家に無事に着いたと返事した。返事もなく、電話にも出ないから心配したとメッセージが送られてきた。シャワー中で気がつかなかったと返事した。あのまま帰ってしまって心配したと、雨にぬれて風邪を引くかもしれないから温かいお茶でも飲んで休んでと、明日も学校に送ると、おじさんが長文のメッセージを寄こしてきた。わかったと返事した。これで済んだ、と思った矢先に、またメッセージが届いた。ジェヤは液晶画面に表示された文章をじっと見つめた。そこには、愛おしくて大切な相手にだけかけてきたおやすみの言葉が綴られていた。返事をしなければまた電話がかかってくるかもしれないと思い、わかったとすぐに送り返した。あまりにもそっけない返事をしてしまった気がして、おじさんが不審がって家を訪ねてきそうな気がして、「おじさんもおやすみなさい」と打ってから絵文字をつけてもう一度メッセージを送った。おじさんはいまどこにいるのだろう。まだ駐車場にいたりして？　携帯電話を握りしめたまましばらくうろたえていたが、個室のドアをそっと開けて外の様子をうかがった。誰もいなかった。ジェヤは洗面台の鏡に映っている自分の顔を呆然と眺めた。どこか変だった。見たことない顔みたい。蛇口のハンドルを上げて水を流した。手と顔を洗いながら、自分が何をしているかを自覚することができなかった。制服のポケットの中で携帯電話が震えて、ぬれた手で電話を取り出して通話ボタンを押した。ジェヤ？　いまジェニから電話があったんだけど……お母さんが言った。ジェヤは涙をぽろぽろ流しながら、お母さんの声を聴いた。泣いてるの？　あんた泣いてる？　何かあった？　いまどこにいるの？　お母さんが質問攻めにした。ジェヤはここから出られないと言った。早くここに来てほしいと。

お母さんの車に乗って家に帰りながら、ジェヤは無言のまま泣いてばかりいた。お母さんは問いつめるように訊いた。何があったの？　なんで泣いてるの？　そこで何をやってたの？　どこに行くつもりだったの？　制服はなんで汚れてるのよ？　ジェヤはお母さんに叱りつけられそうで怖かった。本当のことを言っても怒られそうだと思った。どうしてそう思うのかはわからなかった。もし誰か一人に事情を話し、助けを求めるとしたら、お母さんしかいないはずだった。

ジェヤは家に帰ったらすぐ、お母さんに打ち明けようとした。だけど、言葉が出てこなかった。たどたどしく、それが、あそこで、私が、でも、というような言葉ばかりが口から出た。お母さんの顔がだんだん歪(ゆが)みはじめた。深呼吸をしてゆっくりと、思い出せることを少しずつ、ジェヤは打ち明けていった。言いながら自分でも信じられず、話しているうちに初めて気づくことができた。自分がどんな目に遭ったのか。お母さんは信じなかった。とんでもないこと言わないの、と言った。何かやらかしておいて怒られそうだからウソを……と言おうとして、お母さんはジェヤの顔をうかがった。自分が知っている娘ではなかった。別の人のようだった。いや、理事長がなんであんたに、何だってあんたに、こんなのあり得ない、そうつぶやいていたお母さんが、ジェヤの手を取った。ジェヤの目を見た。ジェヤを連れて部屋に入っていった。ジェヤを床に座らせて、首を横に振りながら独り言を言い、床を叩いて泣いた。お母さんが泣くから、ジェヤは怖くなった。はっきりしてしまった気がした。

これは、あんたとお母さん以外、誰にも知られちゃダメなの。

お母さんが言った。

誰にも知られちゃダメ。どんな人にも話しちゃダメ。

ジェヤは、呆然とした表情でお母さんを見つめた。お母さんはおじさんとそっくり同じことを言っていた。どうしてこの話を知ってるのはお母さんと私だけってことになるだろう。おじさんが知っているのに。おじさんがあんなによく知ってるのに。誰にも言ってはいけない、これからも会おう、これからも君の面倒を見るし、責任を取るつもりだ……おじさんの言葉を思い出して、恐怖が込み上げた。

私にまたあんなことしたらどうするの？

あんたが気をつけるのよ。こっちが気をつければいい。何があっても一人では出歩かないで。

私は学校にも、塾にも行かなきゃいけないのに？

お母さんが送り迎えをするから。

家に来るはずだよ。私に会いにくるって言ってたもん。

人間の所業じゃない。あり得ないことよ。

ジェヤは部屋を見回した。おじさんが外ですべての話を聞いていそうな気がした。窓にカギをかけて、カーテンを閉め切った。お母さんがあまりにも泣くので、ジェヤは耳をふさいだ。お母さんが泣きすぎて、ジェヤは正気を取り戻すことができなかった。

だからさ、なんであんなとこに寄ったの。さっさと家に帰ればよかったのに、なんであんなとこに寄って、とんでもない目に遭わされるのよ。どこにも言えないわ。こんな話、誰が信じてくれるのよ。誰も信じないわよ。絶対そうに決まってる。あんたの人生だけが壊れるのよ。

ジェヤが恐れていた言葉だった。自分を責める言葉。お母さんの口からその言葉が出た直後に、突然すべてがはっきりした。

通報する。

ジェヤは言った。

逮捕してほしいと頼む。

よく考えなさい。しっかり考えてから物を言うの。あんたはまだ若くて、先が長いんだから。結婚もして、子どもも生まなきゃいけないのに、どうしてあんたがこんな目に遭うの。あり得ないわよ。

通報すべきだよ、お母さん。じゃないと、私にまた同じことをするだろうから。

ジェヤは通報しなくてはいけないと、繰り返し言った。お母さんにも同じことをするかもしれないと。お母さんにも自分にしたことをするかもしれないと。お母さんがバカなことを言うんじゃないと言った。自分にそんなことをするはずがないと。ジェヤはお母さんの言葉を理解することができなかった。お母さんにはそんなことをするはずがないのに、どうして私にはできたのだろう。玄関ドアを開ける音がしてすぐにジェニの声が聞こえた。ジェヤはさらに大きな恐怖にとらわれた。ジェニに手を出したらどうしよう。ジェヤはドアを開けて、ジェニの手を握り、ジェニの部屋に言ってドアにカギをかけた。私にしたことを、ジェニにもするだろう。いつもジェニと一緒にいたら、私たち二人に手を出してくるに決まっている。いつも行動を一緒にして、避けて、気をつけて、できる限り隠れて過ごすようにしても、あの人は手を出してくるだろう。お母さんがドアを叩いた。ジェニは真ん丸になった目でジェヤを見て、何も知らないまま涙を流した。足をばたつかせ、ジェヤを抱きしめながら泣いた。

お父さんは深夜十二時過ぎに家に帰ってきた。ひどく酔っぱらっていた。帰ってくるとすぐに、倒れるようにして眠ってしまった。お母さんはリビングのソファに腰掛けて、携帯を握りしめて悩んでいた。お母さんが何を悩み、迷っているのか、ジェヤはわかるようでわかりそうになかった。


閉じた目を開けると何事もなかったような気がする。

だけど、次々と思い浮かぶ。

だけど、わが身のことではない気がする。

だけど、苦しかった。苦しみは偽物ではなかった。苦しみは消えなかった。

閉じた目を開けると疑問が浮かんだ。おじさんが私にそんなことするはずないじゃないの。知らない人でもないのに、そんなことができるわけ？　違う人だったんじゃない？

おじさんに似た誰か。

目を閉じるとコンテナの中で起きたことがスナップショットのように流れた。別の誰かに起こった出来事を眺めているようだった。おじさんの性器が口の中に入ってくる瞬間の記憶がよみがえってパッと目を覚ました。すべてがウソのようなのに、目で見た記憶が、体に残っている感覚が、あまりにも鮮明だった。頭を殴りつけるようにして記憶がよみがえり、本当に殴りつけられたかのように痛かった。

目を閉じた。死んでいるようだ。とうの昔に死んでしまった屍（しかばね）のようだ。すでに死んだのに、どうして考えつづけるわけ？　すでに死んだのに、どうして怖いという気持ちが消えないわけ？　すでに死んでいるのに、なんで死にそうな気がするわけ？　ひょっとして私が求めているように見えた？　それでそんなことしたわけ？　ジェヤは自分を疑った。自分の目つきや言い草、身振りや表情を思い浮かべようとした。ビールを飲んだのが間違いだったのだろうか。私がビールを飲んだからそんなことしていいと思ったのだろうか。ビールを飲む女の子になら、そんなことをしていいのだろうか。大人はみんなそうなの？　二人でお酒を飲んだらそうなるわけ？　大したことではないわけ？　だからおじさんも平然としているわけ？　それならお母さんはどうして泣いたの？　どうして誰にも言っちゃダメって言うの？

目を閉じることも開けることもできなかった。考えることも、思い出すことも、何一つ自分の思うとおりにならなかった。

すべてが自分の間違いのように思えた。そう思うほうがむしろ簡単だった。自分の過ちで起きたことでないなら、自分が過ちを犯していなくても起きるはずのことだったなら、もともとこういう目に遭う人生とは、いったい何なんだろうか。だが、別の状況を仮定することはできなかった。こうしていれば、ああしていれば、そうしなかったら、といくら想像してみたところで抜け道を見つけることができなかった。登校中に何度もおじさんの車に乗せてもらった。町でおじさんに会ったこともある。市内ですれ違ったこともある。節句や家の行事があるときは、必ずおじさんに会った。おじさんはときどきお母さんやお父さんと話があると言って家を訪ねてきた。家でごはんを食べ、お酒を飲んだ。ジェヤの部屋に入ってきたことだってある。部屋からいい匂いがすると言った。おじさんから電話がかかってきて、頼みたいことがあるからちょっと来てくれる？　と言われるなら、なんの疑いもなくおじさんのところに駆けつけただろう。おじさんがその気になれば、今日でなくてもこれからすれ違うことになるはずの日々のいつかに、ジェヤは犯されてしまったのだろう。好きだと、好きでやったことだとおじさんは言ったけれど、ジェヤは本能でわかった。おじさんが自分の欲求を満足させたかったそのとき、目の前にちょうどジェヤがいたのだ。好きだからやったのではなく、やりたいからやった。おじさんはジェヤを強姦したのではなく、女を強姦した。女の中で自分が自然に近づける女。自分を疑わない女。自分の言うことを聞いてくれる女。力で押さえつけられる女。不祥事を起こしてからも近くにいながら統制下に置ける女。他人にばらしたり問題を起こしたりする心配のない女。それでまた強姦できる女……未成年者である親戚の女。ジェヤはそのすべての条件を満たしていた。ジェニも同じだ。夜が明けるほど、ジェヤの考えははっきりしてきた。起きたことと耳にした言葉とその意味までが、考えを重ねるうちに、元のあるべき場所に戻っていった。

ジェヤは自分を守りたかった。ジェニを守りたかった。

ジェヤは強くなりたかった。

2008年7月15日、火曜日

お母さんはジェヤに家にいるようにと言った。ジェヤは制服を着た。お母さんはジェヤに家の外に出ないようにと頼んだ。ジェヤは靴を履いた。お母さんが学校に連絡をしてくれると言った。いつまで？　とジェヤが訊くと、とりあえず今日は家にいて、とお母さんは言った。明日は？　明日になればなんの問題もなくなるの？　安全だって言えるわけ？　家にいれば何もかも解決するわけ？　じきに休みが始まるから大丈夫よ、とお母さんが言った。いったい何が大丈夫なの？　罪人（つみびと）みたいに、家に閉じこもって過ごせば大丈夫ってなるわけ？　ジェヤは玄関ドアを開けた。お母さんが車のカギを手に持って後ろから追いかけてきた。ジェヤを学校に送りながら、お母さんは何度も念を押した。友達にも先生にも何も言わないのよ。絶対言っちゃダメだからね。うっかり言っちゃった日には、あんたが後ろ指を指されるだけだから。お母さんが方法を考えてみる。きっと手があるはずよ。授業が終わったら、学校から出ないでお母さんに電話しなさい。すぐに迎えにいくから。ねえ、ジェヤ、しっかりして言うことを聞くの。お母さんを信じて。

ジェヤはお母さんのやり方を知っている。誰にも言わないこと。なかったことにしてやり過ごすこと。猫のように神経を研ぎ澄ませて気をつけながら生きること。どの瞬間にも緊張してどんな人でも疑うこと。そうやって一人になること。ジェヤも一晩じゅうそんな方法について考えた。さまざまな状況を仮定してみながらこれからの日々を思い浮かべてみた。ずっと同じ町で暮らすのだろう。お父さんと働くだろう。また私に手を出すだろうし、ジェニの安全も保障できないだろう。ウンビのことを思わずにはいられなかった。自分がされたことをみんなに打ち明けたら、ウンビにもそうしたように、みんなはおじさんではなく、ジェヤについての噂を広めるだろう。そもそも女の子があんな場所で、一人でタバコを吸ってたのが悪いと言うだろう。悩んだすえに、ジェヤはそのほうを選ぶことにした。人々の話題になりながら、そんな目に遭っても仕方ない子になるほうを。それよりマシな選択というものはあり得なかった。地獄しかなくて、地獄にいるしかないなら、おじさんも地獄にいるべきだった。ジェヤが何もしなければ誰も知らないままになって、問題は表に出てこないだろう。いや、問題は積もりに積もって、爆発して、ジェヤを殺すだろう。ジェヤは分かれ道に立って左右の道を確かめた。前後の道を確かめた。ジェヤはお母さんを信じているけれど、お母さんが教えてくれた道には進まないことにした。それはお母さんを信じることとは別の問題だった。

ジェヤは先生に体調不良で病院に行きたいと説明した。先生は早退を認めてくれた。ジェヤは産婦人科に行って自分がされたことを説明し、検査をしてほしいと言った。シャワーを浴びたのかと医者が訊いた。ジェヤはそうだと答えた。汚すぎたので全部洗いながらしたかったんです。パンツを持ってきたのかと医者が訊いた。シャワーを浴びながら洗ってしまったとジェヤは答えた。医者は残念がった。誰もそんなことを教えてくれなかったとジェヤは答えた。性暴力を受けてからの手順については、誰にも教えてもらったことがないと。誰も想像することができなかったのだろう。わが子が、自分の生徒がそんな目に遭うだろうとは。医者は保護者に知らせるべきだと言った。お母さんも知っているとジェヤは答えた。必要があれば電話で確認してもいいと、お母さんの電話番号を教えた。

産婦人科を出て、ジェヤは警察署に向かった。おじさんにされたことを訴え、おじさんをいますぐ逮捕してほしいと要請した。自分の安全を確保するためには、その方法しかないと強く訴えた。警察官は両親の連絡先を尋ね、ジェヤを会議室に呼び出した。ジェヤはなんでも話すと言った。おじさんを閉じ込めておけるのなら、なんでも協力すると。警察官はこのことは大人たちに任せて家に帰って待つようにと言った。私にしかわからないんです。私一人で経験したことですから。それなのに、私抜きで何をするんですか？　これは大人たちで解決すべき問題だと警察官は言い返した。ジェヤは家に帰ることができなかった。警察署をあとにした瞬間、おじさんと出くわしてしまいそうだった。おじさんが家に駆けつけてきそうだった。そんなことが起きないようにと、警察署に来ているというのに、警察官はジェヤを家に帰そうとした。

だけど、君、顔にかすり傷一つないじゃないか。

警察官がジェヤの首や腕や足を舐めるように見た。制服のスカートを太ももまでめくってみろ、ブラウスの袖を肩まで上げてみろと言った。

なんの傷もなさそうだけどな。あざも、かすり傷も見当たらないし。抵抗した跡がないじゃないか。

ジェヤは抵抗することができなかったと説明した。抵抗したら殺されそうな気がしたと、コンテナの中に凶器になりそうな物がたくさんあったし、そんなものがなくてもあの人に首を締められそうな気がしたと。頭を片手で押さえつけられただけなのに、片手だったのに、それでも身動きが全然取れなかったと。

抵抗しなかったって？

泣いたと言った。やめてと、嫌だと、お願いだからもうやめてと懇願したとジェヤは答えた。

まだ子どもだから知らないだろうけど、抵抗したというのは君だけの主張だから、それだけを信じて取り調べをしたりするのは難しいんだよ。

事実じゃなかったら、私が警察にまで来て、わざわざこんな話をする理由がありませんよね？　ここに来る前に病院に行きました。検査を受けたいと言いました。その結果が出るはずです。診断書ももらって来ました。

子どものくせにそんなことまで知ってんのか。なんでそんなことまで知ってるんだ？

ネットで調べました。

診断書だってあんまり意味がないさ。こういう事件ほど、証拠が確かじゃないと。さもないと無実の人が捕まってつらい目に遭うことになるからね。目立つ傷でもあれば暴行罪を適用したいところだが、いまはなんの証拠もないんだから。

私が死ぬほど殴られて病院にでも運ばれればよかったんですね。

あのさ、よく考えてみなよ。危険が迫ってきたら、人間は本能的に抵抗するし、すると、必ず跡というのが残る。だけど、君はなんの抵抗もしなかっただろ？　できただろうに、何もしなかったじゃないか。男を叩いたりひっかいたりしたのか？　だとしたら、男の体にはなんらかの跡が残ってるだろ。

ジェヤは死にそうだったと訴えた。体を動かすことができなかったと、麻痺でもしたようだったと、声さえ上げることができなかったと、何もすることができなかったと。

だからさ、話の筋が通らないんだよ。酔っぱらって意識を失ったわけでもないし、薬を使ったわけでも、手足を縛りつけられたわけでもなかっただろ？　意識がはっきりあって、四肢も自由なままだったのに、されるがままにしていたということだから。それを強制だと考える人がいると思うか？　その男も自分が強制していると認識していなかった可能性だって高いだろうよ。大人たちはそれを、合意のもとでの性行為という。君も聞いたことあるだろ？

抵抗したら殺されそうな気がしたとジェヤは叫ぶように言った。悪いのは強姦したほうなのに、どうして抵抗しなかったことを間違いというのかと地団太を踏みながら叫ぶように言った。

君。

警察官がジェヤをじっと見つめながら言った。

君の話から振るまいまで、何一つ被害者らしくないんだよ。

被害者らしいって何よ。

されるがまま黙っていそうにないんだよ。本当にそんなことがあったなら、昨日の夜には通報すべきだったろう。ここで叫び散らすんじゃなくて、昨日の夜に、その男の前で叫ぶべきだったんだろうが。

ジェヤは怖かったと答えようとしたが、警察官が怖いという言葉の意味をわかっていないような気がして訊いてみた。

怖いっていうのが、どういうことかわかりますか？

何かを怖がるような性格には見えないいんだって。本当にそういう目に遭った人は、こうやって警察に来ることもできないいんだよ。一人では病院にも行けないいし。何もできないいから、部屋に閉じこもったまま頭がおかしくなるんだよ。君のようなことはできないいさ。

ジェヤは考えた。部屋に閉じこもって頭がおかしくなる自分を。本当に被害に遭った人はそうなるもんだと誰もがそう思うとしても、それが被害者らしいことだとしても、ジェヤはそうなるわけにはいかなかった。頭がおかしくなりたくなかった。安全を手にしたかった。ジェヤは涙をぬぐい、背筋を伸ばして座りなおした。ジェヤは強くなりたかった。

そんな目で見ないでください。

ジェヤが言った。

悪いことをしたのは、私じゃなくてあの人なんです。

ジェヤが会議室で警察官と口論するあいだに、お母さんが警察署に到着した。すぐにお父さんも駆けつけた。ことの一部始終がお父さんの耳にも入り、両親は大声でケンカをした。警察官たちが二人を止めようとした。おじさんも警察署にやって来た。お母さんはおじさんを見てすぐに駆け寄り胸ぐらをつかんだ。お父さんはお母さんを引き止めながら、この人の話も聞いてみようとなだめた。おじさんはパク警察官からの電話を受けて駆けつけたのだと、俺についておかしなことを言ってる子がいるから来てほしいと言われたので駆けつけてみたら、まさかそれがジェヤだとは思ってもみなかったと言った。通報するしないというようなことじゃありませんよ、これは。おじさんは念を押して言った。赤の他人でもないんだし、家族同士で解決すればいいことであって、警察にまで来て騒ぎを起こすのもな。ジェヤがどうしてそんな話をしているのかはわかりません。俺に何か不満を覚えるようなことがあったかもしれませんね。俺からちゃんと話します。お母さんは、ジェヤがどうかなっていなければ、自分だけが損するような話を言いふらすわけないじゃないかと、どんなに悔しくて警察にまでできたか考えてみなさいと泣きわめいた。

従姉さん、ジェヤのことを考えてください。ジェヤのことを考えるなら、こんなマネはやめてください。どれだけの人に見られているか考えてみてくださいよ。早くジェヤを連れてきてください。噂が広まらないように、俺のほうからしっかり口止めしておくので、とりあえず家に帰りましょう。家で話しましょう。

周りの警察官たちも、おじさんの肩を持った。お父さんはお母さんをむりやり車に乗せて、ジェヤを連れてきた。ジェヤはおじさんを見つけて崩れ落ちてしまった。おじさんはジェヤを見なかったふりをして、警察官と話し込んでいた。

ジェヤの膣(ちつ)から採取された精液が、おじさんのものであるという結果が出ると、おじさんはすぐに体の関係があったことを認めた。でも、強制的にやったことじゃありません。ジェヤを殴ったり脅したりしたわけでもありません。一緒にお酒を飲みながら話をするうちに、自然とそういう流れになったんです。大人としてやってはいけないことをしました。それは弁解の余地もなく俺の間違いです。でも、それはジェヤが主張するような性暴力では、口に出すのも恐ろしいくらいですが、本当にないんです。長いあいだ、俺のことを見てきてわかりますよね。俺がそんなことをするような人間に見えますか？　正直、ジェヤとは少し特別な関係ではありました。何度もジェヤを学校まで送ったし、ジェヤが俺と気兼ねなく接してくれたし、俺もジェヤをかわいがりましたしね。ジェヤが成長して男女として、そういう関係に、ええ、間違っていたのは重々承知していますが、大人だからといって俺が叱りつけたりしたら逆効果になるかもしれないし、あの年頃の子がだいそれたことを考えはじめたら危険だってご存じじゃありませんか。ジェヤは俺を男として接してきたんです。ジェヤを心配する気持ちで、きっぱり断れずに何度か相手するうちにデートみたいなことをしたし、実は今回だけじゃなくて、これまでもジェヤと何度も、はい、本当に申し訳ありませんでした。でも一度も強制的にやったことはありません。誓ってもいいんです。俺は真実のためなら本当に何だってかけられますから。ジェヤに訊いてみてください。俺とどんな関係だったか、ジェヤに訊いてみてくださいよ。ジェヤは恥ずかしくてウソをつくかもしれませんが、俺がウソを言う理由などありません。いまもこうしてすべてを打ち明けていますし。従兄さんもご存じじゃありませんか。俺には名誉というものがあります。あらゆる公的機関や市場じゅうに関係者がいるというのに、今回のことで名誉を失って信頼が、そういうのが俺にどれほど大切か、おわかりですよね。それなのに俺がそんなことをすると思います？　ジェヤがなんであんなことをするのか、なんで絵空事を並べてるのかがわかりません。本当に胸が苦しくてたまりません。ジェヤはいったい、なんでそんなことするんですか？　何をどうしてほしいんでしょうか。

両親はジェヤに外出を禁じた。ジェヤは自傷行為をし、救急車が呼ばれた。だんだんやつれていくジェヤを見るにたえず、お母さんがジェヤを警察署に連れていきながら言った。もういいよ、あんたがしたいようにしな。死ぬよりは壊れた人生のほうがいい。ジェヤはおじさんを提訴し、その日にあったことを供述した。恐ろしいほど頭に浮かんでくる場面に圧倒されて、些細な動きを思い出すことはできなかったけれど、警察官はそのような供述を大事にしてくれた。コンテナの中でおじさんがどんな話をしたのか、ジェヤがどんな言葉と行動で抵抗したのか、具体的な単語や状況を教えてほしいと言った。ジェヤはおじさんが近づいてきた瞬間、ベルトの模様、豹変する表情、握力、匂い、音、体が感じた苦痛、角に見えた蜘蛛の巣、コンテナの壁に映った影、汚れといったものを思い出した。ほかの記憶はどれも断片的だった。自分がどのように懇願したかとか、どれほど大きな声を出して泣いたかとかは記憶からもみ消されていた。警察官が怪しむようなそぶりをみせると、ジェヤは怖くなった。おじさんは他の人たちに当日ジェヤとやりとりしたメッセージを見せながら、これが性暴力の加害者と被害者のあいだでやりとりしたメッセージに見えるかと問うた。パク警察官がジェヤの両親に電話をかけて言った。提訴したところで苦しむのはジェヤのほうだ。精液が検出されたところで無駄だ。強制されたという証拠がないじゃないか。証拠不十分で無罪になるか、起訴猶予になるだろうし、不起訴処分になる可能性が最も高い。起訴されたとしても事件の担当をコロコロ変えたりして時間をかけて、あなたたちを疲弊させるに違いない。自分にも娘がいる。ジェヤの事件が他人事とは思えない。それであえて言うけれど、このまま進めれば傷を負うのはそっちのほうだ。理事長が気を損ねて虚偽告訴罪で告訴し返す可能性だってある。泥沼になるだろう。これ以上手遅れになる前に理事長と示談して事件を終わらせなければならない。それがジェヤも親御さんも生きる道だ。

ある人は、理事長がそんなことをしでかす理由がないと言った。若くて有能な事業家が、何をわざわざ親戚の小娘に手を出すのか、と。言い寄ってくる女の列ができるくらいだろうに、女に困ってそんなマネをするはずがあるか、と。

ある人は、酒が問題だと言った。男は酒に酔えばそういうこともある、女の子は酒を飲んだこと自体が問題だと。

ある人は「女性関係」の問題だと言った。大きな仕事をする男には「女性関係」がつきもので、それくらいのことは問題にもならない、と。「女性関係」で頭を抱えたことのない男がどこにいるのか、と。

ある人は、ジェヤのためと言いながらこんな話をした。ふだんから理事長は、若い女の子に小遣いもあげるし気安く接する人だったと。まだ若いから、何か勘違いしたんじゃない？　ジェヤに同情しながらも「怖い女の子」と言う人もいた。

年配の女性たちはこう言った。あんたが本当にそんな目に遭ったとしても、それでもあんたが間違っている。そうやって自慢するみたいに大げさに騒いで、罰しようとするのも普通じゃない。恥ずかしいと思わなくちゃ。あんたも恥ずかしいし、あたしたちだって……あたしたちまで恥ずかしくなるよ。隠して、なかったことにしようとしても足りないくらいなのに、裁判を起こすって息巻くことかね、まったく。

おじさんにはそういうことを言わなかった。血気盛んな男にありがちなハプニング、くらいにやり過ごしつつ、おじさんとは何食わぬ顔でカネ儲けの話、どこかの不動産が値上がりした話、工事が着工した話、国道開通の話、自分の息子が外国語高校に入ったり法科大学院に進学したりする話、ばかりをしていた。たまたまジェヤの話が出ると、おじさんは自分が被害者だと訴えた。

ジェヤは一人で泣いた。他人の前では泣かずに言った。

そんな目で見ないでください、悪いことをしたのは、私じゃなくてあの人なんです。

おじさんは親戚じゅうを訪ねていって訴えた。俺が殺人でもしましたか？　泥棒でもしましたか？　賭博にハマって破産でもしましたか？　一瞬判断を間違えて女の子とうっかりミスしただけじゃありませんか。それが俺の人生をまるごと否定され、めちゃくちゃにされるほどの間違いなんですか。

ジェニはおじさんの顔に唾を吐いた。

これがうっかりミスだって？

そうとがめながらもう一度唾を吐いた。おじさんの母親がジェニをひっぱたいた。ジェニはおじさんの母親にも唾を吐いた。

ジェヤは自分のせいでジェニがそんな行動をしたと思うと苦しかった。ジェヤが謝ると、ジェニは言った。

謝らないで。お姉ちゃんは誰にも謝らないで。

ジェヤは問題を起こすほうではなかったし、ごめんね、とちゃんと言える子だった。ジェヤの指導要録には、「やさしい」「我慢強い」「気遣いができる」「調和を大事にする」という表現が必ず書かれていた。大人たちはいつもジェヤのそういう性格を褒めていた。おじさんが「通報するとは思わなかった」と口にしたとき、ジェヤはこれまで大人たちによって褒められてきた自分の性格、そのため自分の長所だと思ってきたその性格をずたずたに引き裂いてしまいたかった。

お母さんとお父さんは示談書を交わすべきだとジェヤを説得した。そうすれば安全でいられるし、さもないと家族全員が苦しむことになるだろうと。両親とおじさんはジェヤの名前が書かれた示談書にハンコを押した。示談書には未成年者への性暴力ではなく親戚関係にある未成年者との性行為を問題視し、解決するという旨が記されていた。「今後事件について法的、金銭的、道徳的責任を問わないこととする」という文章も含まれた。提訴の件はもみ消された。

ジェヤは大人たちが何をやっているのかが理解できなかった。

ジェヤは強くなりたかった。

２００８年８月16日、土曜日

スンホが来た。患者衣を着て松葉杖をついている。スンホが大ケガして病院にいるという話をジェニから聞いたけれど、面会に行くことはできなかった。スンホは泣いた。誰も自分に教えてくれなかったと言って泣いた。あんたは知らなくてもいいの、自分の心配だけすればいい、死にかけた人が生き返ったんだから、というようなことしか言われなかったと。

スンホも死にかけて、生き返った。

大学病院で手術を受けてから市内の病院に運ばれたという。なんとかジェニと連絡がつき、それまでの話を聞いたと。

それまでの話。

スンホが謝った。ごめん、という言葉をスンホから初めて聞いた。誰も言ってくれなかったのに。他のみんなは私にその言葉を言わせようとした。

ごめん、という言葉で言い表せることもあれば、ごめん、という言葉ではとうてい言い表せないこともある。スンホは私に会いにくる途中で事故に遭った。私はスンホを待っていてあんな目に遭った。患者衣に松葉杖をついた姿で病院を抜け出し、タクシーに乗り込みながら、またタクシーの中で、スンホが何を思ったのか私にはわからない。どんな気持ちで私に会いに来たのかもわからない。どんな言葉も出てこなかった。大丈夫？　痛かったでしょう？　いまはどう？　そんな言葉を口にすることはできなかった。

スンホは自分のせいだと言った。自分が事故にさえ遭っていなければ私にも何事も起こらなかっただろうと。聞くに堪えないマヌケな言葉だった。はっきり言って、過ちを犯したのは別の人なのに。患者衣姿でそんなことを言うスンホが憎かった。憎いという気持ちがあまりにも薄っぺらく感じられた。その薄さにあきれて笑いがこぼれるほどだった。その気持ちはすぐに蒸発してしまった。大きくて重い感情だけが残る。憎悪と憤怒、恐怖と絶望。

大人たちは私がタバコを吸ったり、お酒を飲んだりして悪いことがしたいからコンテナに行ったと思っている。あの日から私の目、耳、心はがらりと変わってしまった。タバコを吸ったりお酒を飲んだりするのは、少しも悪いことではない。悪いことの「わ」のうちにも入らない。みんなは性暴力も悪いことだと考えてる？　誰もそう思っていないようだけど。運が悪かったこと、女のほうが隙を見せたから起こること、男が酔った勢いですることくらいに思っているみたい。そういう人たちは「両方の話を聞くべきだ」と言う。変わった物差しを使って、変わった判断をする。私に強力な歯と顎（あご）があったならば、私が犬だったならば、私は噛みちぎったのだろう。

スンホは大人たちに説明するつもりだと言った。私があの日コンテナに行った理由を。タバコは自分のものだと。僕はその日、そこで姉ちゃんに会う予定だったんです。姉ちゃんは僕を待ってたんです。

正気なの？

私は無意識につぶやいた。

そう言ったら私はさらに縁起の悪い子になるの。家の男二人を一気にダメにしたクソ女。私はスンホにそんな言葉遣いをしたことがなかった。だけど、今日はそう言った。

やさしい言葉なんてかけられない。それでスンホががっかりして、私のことを嫌いになったとしても仕方がない。

スンホが私のことを嫌いになることはないはずだ。

スンホに早く病院に戻ったほうがいいと言った。スンホが私に会いにきたことが大人たちに知られたら嫌な顔をされるだろうから。変な噂が立つだろうから。いまや私は、じっとしているだけでもいやらしい子だ。軽くて、勘違いしやすくて、腹黒くて、男を誘惑する子だ。ほら吹きで、大げさで、恥を知らない子だ。ただ息をしているだけでも、私はそんな子なのだ。

大通りに出て呼んだタクシーを待った。スンホはずっと泣いていた。私は想像した。スンホの頬を叩いて、いい加減にしなさいと怒鳴りながらスンホの松葉杖を奪い、それでスンホを打ちつける想像を。自分が本当にそんなことをしてしまいそうで怖くなった。手を握りしめ、体に力を入れて、自分を制御した。私は次第に固まっていった。私たちのあいだには埋められない溝ができてしまった。私たちはもうその溝を埋めることができない。私が失ったものとこれから失うだろうものに思いを馳せながらも、スンホのことは考えられなかった。溝から声が聞こえてくる。私はすべてを失うだろう。大切なものから失っていくのだろう。私はこれから一人になるのだろう。

タクシーを待っていると、通りすがりの文房具屋のおばさんがスンホにだけあいさつをした。あんたがなんでここにいるのか、こんなことしてて大丈夫なのかと尋ねた。私を知らないはずがないのに、知らんぷりをした。私は笑った。笑いが出た。スンホがタクシーに乗るのを手伝ってからお金を渡し、ドアを閉めて背を向けた。気をつけて帰ってとも連絡するとも言わなかった。スンホは後ろを振り向いて見えなくなるまで私を見届けたはずだ。

スンホもそんなことができるのだろうか。力で押さえつけて性器を取り出して、そんなことができるだろうか。いまじゃなくても、大人になったらできるようになるだろうか。スンホを見ているとそんな考えが頭をよぎり、そして耐えられなくなった。そんなスンホを想像してしまったこと、スンホを疑ってしまったこと、そのすべてに耐えられなかった。私はスンホを失った。

お母さんとお父さんは毎日祈っている。私のために祈っている。お祈りなんて……物乞いしているみたい。いまさらいったい何を祈れるというのだろう。お祈りできることがまだ残っているとでも？　私のために祈るのではなくて、私に祈るべきじゃないの？

お母さんが江陵（カンヌン）にいるおばさんの話をした。

どうせ私はこの町では暮らせない。人を殺したり、自殺をしたりするかもしれない。本当に自分がその気になるのではないかと思うと怖くなる。

お母さんとお父さんは、この町を離れたことがない。私も、ない。なのに私は、離れなければならない。

ウンビはどこへ行ってしまったんだろう。

私も同じようになった。噂の中の〈あの女の子〉になった。

スンホがギプスを外して松葉杖をつかずに歩けるようになったら、大人になって三十歳になったら、みんなはスンホの交通事故のことを忘れるだろう。私の場合も同じだろうか。みんなは私につきまとっている汚い噂や憶測を頭から消して私に接することができるだろうか。スンホは交通事故のことを秘密にしなくてもいい。でも私は、自分が悪いことをしたのではなく、される側だったにもかかわらず、秘密にしなければならない。知られないように戦々恐々としながら様子をうかがい、ウソをつかなければならない。誰かは堂々としていていいと言うだろう。おどおどしないで自信を持って生きなさいと言うだろう。そういう言葉も気持ち悪い。誰も私に、自信を持ってと、堂々としろと言う資格はない。

いまもウンビには会いたくない。私はウンビがされたことと自分がされたことを比べてしまうかもしれない。どっちがより苦しんでいるかを天秤にかけようとするかもしれない。

私たちは同じ経験をしたのだろうか。似たような経験をしているのだろうか。同じか似ている経験なら、苦しみの大きさも同じなのだろうか。ひょっとしたらまるで自分を見ているようだからと、私はウンビを呪い、憎むかもしれない。

どうして私が疑われてしまうのだろう。どうして私が証拠を提示しなければならないのだろう。どうして私が説明しなければならないのだろう。どうして私が、消えなければならないのだろうか。

2008年9月6日、土曜日

夜明け前に、お母さんは車にジェヤの荷物を載せた。高速道路に乗った頃に、空が明るくなり始めた。ジェヤはイヤホンをしたまま目を閉じていた。お母さんもジェヤも江陵のおばさんの家を訪ねるのは初めてだった。

江陵のおばさんはお母さんの三十年来の友達だ。十八歳のときに地元を離れて原州(ウォンジュ)や春川(チュンチョン)を経て、江陵に住みついたという。子どもの頃に三、四回ほどおばさんに会ったことがあるらしいが、ジェヤの記憶はおぼろげだった。おばさんは年末になると段ボール一つ分の果物をジェヤの家に送ってくれたが、受取人のところにはいつもジェヤとジェニの名前が書かれていた。プレゼントが届くと、お母さんがおばさんに電話をかけてジェヤに代わってくれた。ジェヤは受話器に向かっておばさん、ありがとうございます、いただきます、良いお年を、と言った。

大通りと細い道が入り乱れ、低層のヴィラなど集合住宅がごった返している町で、おばさんが教えてくれた「グッドモーニングマーケット」を見つけるために、お母さんは何十回もハンドルを切った。お母さんが道に迷って困っていることを知りながらも、ジェヤは目を開けようとしなかった。ついにお母さんが車を止め、ドアを開けた。ジェヤはそっと薄目を開けてみた。窓から「グッドモーニングマーケット」という看板が目に入った。お母さんとおばさんはハグをして、互いの背中をトントンとしながら短いあいさつを交わした。親やきょうだいよりも江陵のおばさんがお母さんの過去と現在を、お母さんという人間を深く理解しているという。ジェヤもそういう友達を持つことができたはずだ。ウンビやウンソ、ヒョジュなどとそういう友達になれたかもしれなかった。ジェヤは失われたもののリストに「幼なじみの友達」を追加した。

おばさんの家は古いヴィラの四階だった。エレベータがなくて重いキャリーケース二つと本が入っている段ボールを家まで運ぶのは一苦労だった。

明るい部屋ね。

玄関から入ったお母さんが言った。おばさんが冷蔵庫からガラス瓶を取り出してきた。氷の入ったアイスコーヒーを事前に入れておいてくれたのだ。お母さんはおばさんからもらったアイスコーヒーを飲んで汗を拭いた。ジェヤはトイレのドアの前に立って、室内バルコニーの窓いっぱいに広がる空を見上げた。おばさんが白いご飯と魚の煮つけと刺身の酢味噌和えを出してくれた。ごはんを食べながらお母さんとおばさんは知人たちの安否を尋ねあった。

ジェヤは心の中でお母さんに早く帰ってほしいと願った。

もう二度とお母さんに会いたくないと願った。

お母さんがここで一緒に暮らしてほしいと願った。

お母さんと車に乗ってどこかに、どこまでも旅立ちたいと思った。

お母さんは帰る前に玄関ドアの前でジェヤに何か言葉をかけようとしたが、娘の表情を見て言葉を飲み込んだ。ジェヤはバルコニーに立ってお母さんを見送るおばさんと車に乗るお母さんと前に進み、右折し、建物と建物のあいだを抜けて消えていく黒い車を静かに見下ろしていた。

おばさんはジェヤを迎える前に、壁紙とフロアシートを新調した。布団をきれいに洗濯して、これまで育てたことのなかった植物をいろいろ買ってバルコニーを青々しく飾りつけた。トラックを手配して古い家具や服、布団やもろもろのがらくたを捨てた。新しく買ったアイボリー色の机とクローゼットを小さな部屋に入れた。そこがジェヤの部屋だと伝え、もし広い部屋で一緒に寝たければそうしてもいいと説明した。ジェヤは一人で寝られないと言った。

この辺をぐるっと回ってみてから外食でもする？　海にも行ってみたい？　おばさんが訊いた。ジェヤは出かけたくなかった。回ってみたくなかった。海は怖かった。それじゃあ、そういうのは今度にしよう、とおばさんはあっさりと答えた。おばさんは夕飯としてお祝い用のそうめんとニラチヂミを作ってくれた。夜十時になると、おばさんは広い部屋に大きな布団を敷いた。おばさんはすぐに眠れなかった。ジェヤも眠れなかった。おばさんは一人で暮らした期間が長くて、誰かと一緒に横になるのが変な気分だと言った。それでもすぐに慣れるだろうとつけ加えた。

2008年9月7日、日曜日

おばさんが目を覚ましたとき、ジェヤは部屋にいなかった。おばさんはリビングに出てみた。ジェヤは室内バルコニーにある植物と植物のあいだにうずくまり、窓の下を見下ろしていた。両手で床を握りしめるようにして手をぎゅっと締めていた。おばさんは不安になった。落ちたら死んでもおかしくない高さだった。おばさんはわざと大きな音を出しながらゆっくりとバルコニーに近づいた。ジェヤが振り向いておばさんに目を向けた。何も感じられない、感情を欠いた表情だった。

何を見てるの？

おばさんが訊いた。

てんとう虫です。

おばさんがジェヤに近づいた。植木鉢とサッシのあいだに、てんとう虫がいた。かなり大きかった。

素手で虫に触れる？

おばさんが訊いた。ジェヤは首を横に振った。どうしよう、と言っておばさんが泣きそうな顔を見せた。

勝手に出ていけるように窓を開けておこうか？

そしたら別の虫が入ってくるかもしれませんよね。

あたし、虫には触れないのよ。どうしよう。

てんとう虫はいい虫だそうです。

家に虫がいるのって嫌じゃない？　怖いもんね。

おばさんは子どものように言い、ジェヤはそんなおばさんを横目でちらっと見た。おばさんはバルコニーにある収納から軍手を取ってきて手にはめた。深呼吸をし、てんとう虫を捕まえようとしてはビクッとすることを繰り返した。てんとう虫はときどき羽を広げては仕舞うことを繰り返すだけで、飛ぼうとはしなかった。虫じゃなくておもちゃだと思えばいいよね。おばさんは自分に言い聞かせるようにつぶやいた。この子は生きている虫じゃなくて模型なのよ。でもおばさんはてんとう虫に手を触れることができなかった。てんとう虫が羽を広げた瞬間、ジェヤが手を伸ばしてそれを捕まえた。おばさんがキャーッと悲鳴を上げた。ジェヤは網戸を開けててんとう虫を放した。てんとう虫は少し下へ落ちたと思ったらすぐに飛んでいった。

触れないって言ってたよね？

おばさんが訊いた。ずっと見ているうちに触れるような気がして触ってみたら、全然平気だったとジェヤが答えた。

中華料理店からチャンポン麺とチャジャン麺と酢豚のセットを届けてもらい、リビングに新聞紙を敷いて食べはじめた。ジェヤが一緒にいるとこんなことができてうれしい、とおばさんは言った。一人では出前を取って食べようなんて考えられないからね。これからカムジャタンも食べて、ポッサムも食べようね。チキンとかピザもね。おばさんが弾んだ声で言った。一人でも出前を頼んで、残ったら冷凍庫に入れておけばいいじゃないかとジェヤは訊いた。おばさんが冷凍庫のドアを開けて見せてくれた。中はすでにいっぱいだった。

一度凍らしたものはなかなか手が出なくてね。今日全部片づけちゃおうと。

全部食べるんですか？

違う、捨てるの。

おばさんは冷凍庫の中のものを一つ残さず捨てて、冷蔵庫の中の掃除もした。ジェヤは軽くシャワーを浴びた。買い物に行かない？　おばさんが訊いた。ジェヤは頷いた。

おばさんの小型車に乗って大型のスーパーに向かった。おばさんはここにも一人じゃ買えなかったものがあって、今日は買うつもりだと言った。おばさんは出前を頼むときとおなじくらい浮き立っていた。ジェヤはおばさんが少しかわいいと思った。スーパーに入ると、おばさんはカートを押してどこかに向かって突き進んだ。カーテンが並んでいるコーナーだった。おばさんはずっと前から目をつけておいたみたいに、迷いなくカーテンとカーテンロッドをカートに入れた。同じ色味のクッションとラグも入れた。前からこうやってセット買いをしたかったんだけど、このうちの一つでもないとピシッと決まらない気がしてね、それで全部を一度に買える日をずっと楽しみにしてたの、とおばさんは言った。おばさんは本当に興奮しているようだった。

リビングと寝室の窓にカーテンロッドを設置して、カーテンをつけながらジェヤはおばさんの言葉を理解した。一人では骨の折れる作業だった。

おばさんはえごま油でキムチとごはんを炒めてちぎった海苔をふりかけた。そしてその上に目玉焼きを載せた。リビングのテーブルにフライパンをそのまま載せて、お皿によそわないでそのままスプーンですくって食べた。

それじゃあ、これまではどうしてたんですか。

ジェヤが訊いた。おばさんが水キムチを食べながらジェヤを見つめた。
虫が出たら、これまでは。
ああ。
おばさんが頷きながら答えた。
恋人を呼ぶか薬を撒いて逃げてましたよ。
でも今日は捕まえようとしてましたよね。軍手までして。
ああ、今日はそうだったね。こんなあたしがね。
そう言いながら、おばさんは少し満足げな笑顔を浮かべた。
ジェヤが隣にいるからかもしれないね。大人らしく振る舞おうとして。
ジェヤはおばさんの笑顔も、言葉も理解することができなかった。
虫は子どものほうがよく触りますよ。
そう?
たぶん。
ジェヤも子どもの頃そうだったの?
わからないけど。
確かにそうかもしれないね。あたしも子どもの頃はトンボもセミもよく捕まえてたわ。

カエルもね。でもなんでこんな感じになってしまったんだろう。

キムチチャーハンを食べ終えてジェヤが洗い物をするあいだ、おばさんはリビングの床拭きをし、カモミールティーを二杯用意した。

リビングにフロアライトがあったらいいと思う？

おばさんが訊いた。ジェヤは悪くないと思うと返事した。二人掛け用のソファは？ あれば楽だと思うとジェヤは答えた。だけど、この辺じゃよさそうなものが見つからないのよね。家具市場に行ってみようかな。おばさんがつぶやいた。ネットでも買えます。ジェヤの言葉に、おばさんは自分の目で見て買わないと不安だと言った。ジェヤはおばさんのノートパソコンに電源を入れて、おばさんがその日に買ったカーテンと同じものをすぐに見つけた。おばさんがあんぐりと口を開けた。二人はお茶を飲みながらフロアライトをいろいろ見て、なんとか一つを選び出して注文した。

寝室に布団を敷いて、おばさんと並んで横になった。枕もとには小さな明かりがついている。ジェヤが来るからとおばさんが用意してくれたものだった。おばさんはしばらく悩み、口を開いた。

じつはあたし、タバコを吸うの。

ジェヤはおばさんと一緒にいるあいだ、タバコの匂いに気づいたことがなかった。家の中でタバコや灰皿を見たこともない。

室内では吸わないだろうけど、体から匂いがすることはあるかもしれないからね。ジェヤはその匂いが嫌かもしれないし。

ジェヤは袋からタバコのカートンを取り出すおじさんのことを思い出した。じつは、いつもあの日について考えていた。とくに思い出そうとしなくても、頭の中にずっとあった。

タバコ……私も吸うんです。

ジェヤが言った。

ときどきおすそ分けしてもらえたら、ありがたくいただきます。

おばさんが笑った。

2008年9月8日、月曜日

おばさんは頭にタオルを巻いてカレーを作った。ジェヤはおばさんより先に目が覚めたけれど、そのまま横になっていた。今日から金曜日まで、昼間は一人で過ごさなければならないのが嫌だった。気がふさいだ。ジェヤ、お腹が空いたらカレーを食べてね。冷蔵庫にきゅうりやえごまの漬物とかキムチとかもあるからね。流し台の引き出しにはラーメンも入っているし。おばさんが眉毛を描きながら言った。ジェヤは目をぱちぱちさせてばかりいた。一人でいるのが怖くなったらタクシーに乗って病院に来ていいからね。十分もかからないの。タクシーが嫌ならバスに乗ってもいいし。二二〇番バスか二二二番バスに乗ればいいんだけど、反対車線から乗れば安木(アンモク)ビーチにも行けるよ。ビーチにはカフェもいっぱいあるの。自分が病院を訪ねたら邪魔にならないかとジェヤは訊いた。仕事があるから一緒にいてあげることはできないけど、病院が大きくていろんな施設が入ってるから一人でいるよりは近くにいるほうが安心するだろうとおばさんは答えた。

ジェヤは玄関ドアを開けたまま立って、おばさんを見送った。室内バルコニーからおばさんの小型車が建物と建物のあいだに消えていくのを見守ったし、それからもしばらくそのまま、仕事に向かう大人たちと登校中の子どもたちの姿を眺めていた。制服を着ている学生もときどき通り過ぎた。結局放送部に残ることができなかった。やめるとあいさつをすることもできなかった。警察に行った次の日から登校することができず、そのうち休みが始まった。噂はウンソの耳にも入っただろう。ウンソは私を信じてくれるかもしれない、と思い、ジェヤは部屋に入って携帯電話を探した。電源を入れてウンソにメッセージを打っては消した。

ジェヤはおばさんが用意してくれた机と椅子をじっと見つめた。壁紙やフロアシートもゆっくり眺めた。おばさんの家に来て初めて、部屋を隅々までじっくり見て回った。居心地がよくてあたたかかった。部屋の翳りさえまぶしかった。

カレーをかけたごはんをゆっくり食べながら、ジェヤは考えないようにした。それから、考えようとした。どこかから掃除機をかける音がした。その音にそっと耳を澄ませると、ひそひそと話す声も聞こえるような気がした。ずっと平屋で暮らしてきたジェヤにとっては、不思議な体験だった。日常を送ることで聞こえてくる騒音が、怖さを少し和らげてくれるようだった。ジェヤは音に耳を澄ませながら歯を磨き、顔を洗った。本棚から『これからの一生』を取り出してカバンに仕舞いこみ、ノートやペンケースを入れることも忘れなかった。

銃がほしいとジェヤは思った。ガスガンとかではなくて実弾が入っている本物の銃が、失敗することなく一度で人を仕留められる武器がほしかった。

流し台の引き出しを開けてみた。大きさと形が異なる二本の包丁と鞘(さや)つきのフルーツナイフがあった。フルーツナイフをズボンのポケットに入れた。ポケットから先がはみ出た。ナイフを手に持ってみた。こんなものを手に持って歩いたら変な目で見られるに違いない。変な目で見られてはいけないとジェヤは考えた。一番いいのは、誰の目にも見られないこと。女性としても未成年者としても見られないこと。ジェヤはフルーツナイフを手に持って家を出た。階段を降り切ったところでようやくナイフをカバンに仕舞った。

路地をゆっくり歩いていて、美容室を見つけた。ジェヤは美容室に入った。耳が全部出るくらい短く切ってほしいと頼んだ。

二二〇番バスに乗っておばさんが働いている病院の前の停留所で下りた。病院内のコンビニでアイスコーヒーを買い、各階を見て回った。おばさんがいる事務室も遠くから確認した。病院を出て反対側の停留所でバスの路線図をじっくりチェックし、二二〇番バスに乗った。市の中心から離れると目の前に野原が広がった。終点で下りた。海が見たい気分ではなかった。でもおばさんに勧められたことをしてみたいと思った。おばさんは軽く勧めてみただけかもしれないけれど、ジェヤはそういう軽いことからやり遂げたかった。

カフェに入り、端っこ過ぎない席に腰を下ろした。窓の外をしばらく眺めてから、カバンの中から本を取り出す。栞（しおり）を挟んでおいたページを開いた。前に読んだのはいつだろうと思い出そうとして、考えるのをやめた。すでに読んだはずの内容がほとんど思い出せなかったけれど、前のページに戻りたくはなかった。栞が挟まれているところから読み進める。以前のように集中してすらすらと読み進めることはできなかった。本文中の単語に、何度もひっかかってしまった。「楽しい」「まともなところ」「一か月」「麻痺」「運がいい」「セックス・ショップ」といった言葉、つまりジェヤは、ほとんどすべての単語で息をつまらせた。何度も何度もつぶやいた。これは小説だよ。本当のことじゃないの。これはただの単語だから。あの日とは関係のない文字でしかないから。ジェヤは昔のように本が読みたかった。本を読まない自分を想像することはできなかった。自分を失いたくない。ジェヤは顔を上げて窓の外に目を向け、もう一度本に視線を戻した。思い切って文章を一気に読み進めた。

「血と酸素が脳に十分に供給されずにいるんだ。おばさんはもう考えることもできないだろうし、まるで植物のように生きていくだろう。こういう状態がどれくらい長く続くかはわからない。何年も微かな意識の中で生きることもあるだろう。でも絶対によくなることはない。なあ、よくなることはないんだ」

「よくなることはない、よくなることはないんだよ」と深刻そうに念を押されるのが、おかしくてたまらなかった。まるでよくなるものがこの世にあるかのような物言いだったから。


【エミール・アジャール『これからの一生』、ヨン・ギョンシク訳、文学トンネ、二〇〇三年、一四六頁】


ジェヤは読むのをやめた。マダム・ローザの状態といまの自分を比べないように努めた。比較なんかバカなことだと、バカなマネはやめるんだと自分に命じる。ジェヤもモモのように考えたかった。よくならないことを当然だと思い、笑い飛ばしてしまいたかった。世の中のすべての人を、すべてのことを、笑い飛ばしてしまいたかった。そうすればあの日のことも笑い飛ばせる気がしたから。

私にとても笑っちゃうようなことがあったのよ。

ジェヤはモモに話しかけるかのように考えた。

あのことがあってから人間がみんなこっけいに思えたんだけど、なかでも私がいちばんこっけいだったの。

ジェヤは本を読みたかった。

私がいちばんこっけいだったの。

ジェヤは本を読み進めることができなかった。モモのように笑い飛ばすことができなかった。むりやりそのようにしたくはなかった。そんなふりをしたくもなかった。本をテーブルに置いたまま、カフェを後にした。


家に帰ったおばさんはジェヤを見てびくっとしたが、アハハ、と大声で笑いながらとても似合っていると言った。嫌じゃなければ、ピアスの穴を開けてみたらどう？　おばさんが訊いた。ジェヤは開けてみたいと答えた。次の日の夜、病院の前でおばさんと落ち合った。おばさんの手をぎゅっと握りしめて、耳たぶに穴を開けた。おばさんが黒い玉のピアスを買ってくれた。

2008年10月3日、金曜日

ジェニとスンホが江陵に訪ねてきた。二人ともジェニの短くなった髪と黒いピアスを見て感激の声をあげた。おばさんの車に乗って月精寺(ウォルジョン)を見物し、注文津(チュムンジン)で刺身を食べた。土曜日の夜には、一日早いジェニの誕生日パーティを開いた。砂浜に腰をかけてケーキにろうそくを立て、火をつけ、ケトン虫の歌を歌った。おばさんは面白い子たちだと言ってケラケラ笑い、誰よりも楽しそうに歌を歌った。日曜日の昼ごはんを一緒に食べて、ジェニとスンホは帰っていった。

二人にはもう江陵に来てほしくないとジェヤは思った。

笑いながら話し込んでいても、とつぜん深い谷の底に堕(お)ちていく気がした。江陵でどうにかこうにかして作ってきた砂の城の、角が崩れていくようだった。ジェニとスンホのことは大好きだけれど、侵されている気がした。気持ちの切り替えが難しかった。

　日曜日の夜に、おばさんの隣で横になって、ジェヤはそんな気持ちを打ち明けた。地元の人には誰とも会いたくないと。ジェニとスンホなら大丈夫だろうと思ったけれど、そうじゃなくて戸惑ったと。二人と一緒にいると、あり得ないことだとわかっているのに、あの人も近くにいるような気がしたと。豹変しそうだったし、本当にあり得ないことだとわかってるけれど、自分をとがめながら攻撃してきそうだったと。顔には出していないけれど、心の中では自分を毛嫌いしたり疑ったりしている気がしたと。ジェニとスンホがいないと生きていけないだろうと思っていたのに、どうしてこんなことになってしまったのか、これからどうすればいいのか……とまくし立てながらジェヤはずっとずっと泣きつづけた。おばさんはジェヤが泣き止むまで抱きしめてくれた。

　あたしと一緒にいてそういう気持ちになったことはないの？　とおばさんがジェヤを気にかけながら訊いた。

　そんなことはなかったとジェヤは答えた。おばさんはあのとき地元にいなかったし、おばさんと地元での思い出もなくて、はっきり言っておばさんはほぼ知らない人間だった。

　あたしも若い頃はお母さんとお父さんに会いによく帰ってたのよ。おばさんが言った。年を取るうちにだんだん足が遠のいてしまったけどね。小言を言われるのもうんざりだし。

大人のおばさんでも小言を言われるのかとジェヤが尋ねた。

何歳くらいになれば大人と言えるんだろうね。

おばさんが聞き返した。ジェヤはわからないと言った。それから、でもおばさんは大人みたいだとつけ加えた。

これまでね、あたしは好き勝手に生きてきたの。家から独立すると初めて言ったときは、両親にひどく反対されたんだけどね。女は結婚する前に家を出たらいけないと。ほとんど家出みたいな感じで出てきたの。結婚していないから、家族はあたしが恋愛とかもしたことないと思い込んでいるし、誰もあたしを大人として見ない。でもそれも悪くなかったなあ。大人は何かの責任を取る人間だと思っていたんだけど、あたしは自分のこと以外、誰にも、何にも責任を持ちたくなかったからね。でも、このあいだジェヤの話を聞いて……

おばさんは話を止めて、ジェヤの手をやさしくさすった。

……恥ずかしく思ったの。大人なのに、大人ではないふりをして生きてきた自分にがっかりして、大人なのに、大人らしく振る舞えない人間にも、ひどくがっかりした。恥ずかしくなったの。本当に恥ずかしかった。

ジェヤはおばさんの恥ずかしい気持ちをすべて理解することはできなかった。でも涙が出た。

本物の大人になろう。大人になってみよう。そんなことを思ったの。

おばさんはジェヤの手を取って、静かな声で言った。

大人として言うけど、ごめんね。ジェヤ、本当にごめんね。

ジェヤは泣きたくなかった。泣きはじめたら泣き止むことができずに一晩じゅう泣いてしまうかもしれなかった。そうすると弱くなってしまう気がした。ジェヤはすっと立ち上がって、座りたかった。立ち上がって、顔を洗って、伸びをして、大きな声を出して大丈夫だと言いたかった。強くなりたかった。でも何もすることができなかった。指一本動かすこともできなかった。固まったまま、重くなったまま、ジェヤにできることは泣くことしかなかった。ジェヤは自分にできることをした。

2008年11月1日、土曜日

冬用の布団を買った。カーテンも冬に似合う素材と色に取り替えた。お餅と餃子が入った鍋を作って夕飯を済ませて、ヴィラの屋上に上がってタバコを吸いながらおばさんに北極星を見つける方法を教えてあげた。いまはこぐま座α星が北極星だけど、一万二千年後にはこと座α星が北極星になるんだと。

北極星が一つじゃないってこと?

おばさんは混乱している様子だった。

北極星は一つですよ。

でもなんで変わるの?

地球の自転軸が動くからです。

難しいなあ。

どうせ一万二千年後のことですから大丈夫です。おばさんにとっての北極星はずっとあれです。

そう考えると難しくないね。一万二千年という時間って、いったい何なんだろう。それを時間と言えると思う？

ジェヤは一万二千年について考えた。星空がもっとくっきりと見えてきた。

平日はほぼ毎日バスに乗っておばさんの病院に寄り、それから図書館に向かった。小説もエッセイも読むことができず、数学や物理の問題を解いた。英語の単語を覚えて、英語で書かれた新聞を見つけて目を通した。意味がわからないアイスランド語やフィンランド語を検索して真似して書いてみることもあった。ときにはおばさんには内緒で病院の集中治療室の前か休憩室のロビーにじっと座って半日を過ごすこともあった。夜にはおばさんと一緒に手軽な料理を作って食べて近所を散歩した。ときどき外食もした。おばさんの車で夜の海を見にいくこともあった。週末には大掃除をし、買い物をした。発作のように恐怖が押し寄せ、ジェヤを捕らえて放さないことも多かったけれど、ジェヤはやり遂げた。グッドモーニングマーケットまで出かけてそのまま家に帰っていく日もあったけれど、それでもジェヤは守ることができた。引きこもらないでいようという自分との約束を。毎日シャワーを浴びて、きちんと服を着て出かけること。出かけて自分ではない他人を見ること。ジェヤはそういうルーチンを休むことなくやり遂げた。毎晩次の日にやることについて考えて、朝になるとその日の計画を守るんだと覚悟を決め、夜になると暗やみが下りてきた室内バルコニーの窓から外を眺めながらおばさんの帰りを待った。短くても日記を書いた。何をしたかを記録した。

憂いに沈み、気力を失って、布団の外にどうしても出られない気がするときもあった。靴を履いたまま午後のあいだ下駄箱の横にうずくまっていることもあった。Tシャツを着てズボンを穿き、靴下を履くまで一時間以上がかかることもあった。そういうときジェヤはてんとう虫のことを思い出した。羽を広げているのに飛べなかった虫。その様子をじっと見つめていた永遠のようだった時間。触れられそうになかったのに触ることができ、飛べそうになかったのに飛んでいったてんとう虫。虫も触れないくせにどうすれば失敗することなく人間を仕留められるかを考えていたあの日の朝を。

自習室に通いたいとジェヤは言った。高等学校卒業程度認定試験の準備をするつもりだと。一生けんめい勉強して、来年八月には合格できるようにしたいと。いい考えだとおばさんは答えた。

週末にはおばさんと遊びますからね。

それもいい考えだとおばさんは答えた。

でも独学は大変なんじゃない？　塾でも探してみようか？

私、勉強は得意なほうなんです。

ジェヤは、もじもじしながらつけ加えた。

まだ自信がないんです。何かの集団に入るのは。毎日顔を合わせてあいさつして仲良くなるようなことは。

そうね。そういうのはまだやめておこう。自習室で目をつけているところはある？

ジェヤは首を横に振った。明日一緒に探しにいってみようと、病院近くから物色してみようとおばさんが言った。


昼ごはんを食べてからいくつかの自習室を回ってみた。閉鎖的だけれど暗くはないところ、男女で空間が分かれているところを選んだ。本屋に寄って問題集を買い、スーパーに向かった。おばさんはカートに保温弁当箱を入れた。ジェヤは要らないと言った。お昼はコンビニや軽食店で軽く済ませばいいと。おばさんはそれじゃいけないと言った。

あたしと一緒にいるあいだは、しっかり食べさせるつもりよ。てきとうに食べさせたり軽く済まさせたりしない。あたしはジェヤにごちそうを振る舞うつもりなの。それがジェヤのためになると思うわ。

ジェヤはおばさんの後ろを追いかけて歩きながら考えた。おばさんという人間について。あの夏の出来事がなかったら、おばさんはいまもまだ知らない人のままだっただろう。こんな人が地球のどこかにいるということを知らないまま生きていただろう。絶対起きてほしくなかったことを経験し、地獄に堕ちたが、その代償としておばさんに出会えた気がした。でもおばさんが代償になるわけ？　あんなことに代償なんか支払えるわけ？　おばさんはどうしてこういう人になって、おじさんはあのような人になったんだろう。私はどんな人間なのだろう。私はどんな……人間になることができるの？　ジェヤは人間がそれぞれ違う理由について知りたくなった。善人になったり悪人になったりする理由が知りたくなった。他の道があったのか、他の人生を選ぶことができたのか、時間を戻すことができなくても知りたくなった。それがわかったら、少しは納得できるような気がした。

家に帰る車の中で、ジェヤが訊いた。

おばさんは私にあんなことがあったからやさしくしてくれるんですか？

やさしくしてるんじゃない。心配して、大事にしているの。

あまり頑張りすぎないでほしいんです。

頑張らなきゃいけないのよ。おばさんはきっぱり言った。人は頑張らなくちゃならないの。大切な存在のためにはもっと頑張らなくちゃ。

それは大変なことですから。ジェヤがつぶやいた。

心からやっていることなの。むりやりやっているわけではなくて、好きなことに心を尽くしているってことなの。

ジェヤは日記におばさんの言葉を書き留めた。いつかおばさんの言葉を理解できる日が来ることを願って。

2009年、2010年

ジェヤは毎朝おばさんと一緒に家を出た。おばさんが作ってくれたお弁当を食べ、おばさんと一緒に帰宅した。高等学校卒業程度認定試験に合格した。大学受験はしなかった。すぐに大学に行きたいわけでもなかったし、おばさんの元を離れたくもなかった。

知らない人に囲まれていると、ジェヤは考えずにいられなかった。この中にもいるだろうか。私と同じような目に遭った人が。いたとしても絶望的で、いないとしても苦しかった。こんなことも、考えずにはいられなかった。この中にもいるのではないか。あのような過ちを犯している人が。いないだろうとは考えられなかった。

ときには屈託のない笑顔を浮かべる人を目にして不思議な気分になることがあった。べビーカーを見ると怖くなった。赤ちゃんが大きくなってどんなことを経験するだろう、どんな人になるだろうと思い、無邪気に笑ったり何かを訴えるように泣いたりする子どもを見ては悪い想像をする自分に嫌気が差した。そんな自分が恐ろしかった。制服姿の学生とばったり出くわすと、追いかけたくなった。家に無事に帰るのを確かめたくなった。家も絶対に安全なわけではないとふと思うと、すべてをあきらめたくなった。世の中はすでに堕落しているから心配する必要がなく、私はすでに壊れているのだから壊れることを心配しなくてもよくて、よくなるために頑張らなくてもいいという考えが、ジェヤの気を楽にしてくれるときもあった。するとジェヤは少しばかり軽くなり、明るくなった。無邪気に笑った。笑いながらはたと気づいた。私には目と耳とがもう一つずつ増えている。他の人にはない組織が、脳にもう一つできたのかもしれない。目と耳と脳の組織がもう一つ増えて、それであんなことを経験したことのない人のようには、世の中を見ることができなくなった。だからこそまた同じようなことが起きたら、以前のように混乱し恐怖に陥ることなく、その代わりに失敗することなく人を仕留められるような気がした。助けを求めるつもりはない。警察なんかにかけ込むつもりもない。図書館で見た人体解剖図を頭に浮かべながら、どこに心臓があって肺があるか、急所と大動脈とアキレス腱の場所を、骨と骨のあいだにあるじん帯を、二リットルほどの血が流れるようにするためにはどこを切って、どこを刺すべきか、道を歩きながら、バスを待ちながら、バスの中で、市場で、家を出る前にも、浅い眠りから目が覚めてしまった真夜中にも考えつづけた。

こんなことを考えるジェヤは、昔も次のような日記を書いたことがあった。

十八歳になったら外国語が話せるようになりたいと。やりたいことが多いけれど、なんとなく思っているだけだと。いまのままがいいと。一日をぎゅっとつめ込んで、生きられるだけを生き抜きたいと。

ジェヤは人を仕留められる方法を考えるようになった。夏には、とくに雨が降る日には、安定剤を飲まないと眠れなくなっていた。男と二人っきりになったり、男ばかりのところにいることになったりした際に、叫び声を上げないように唇を噛みしめなければならなくなった。道を歩きながら襲撃されるような想像して、その場で身動きが取れなくなった。思いもよらなかったところで、思いもよらない人と暮らしている。いつまでも一緒だろうと思っていたジェニとスンホと離れ離れになってしまった。数えきれないほどのものが変わってしまったけれど、変わらないものもあった。例えば、生きられるだけを生き抜きたいという気持ちのようなもの。ジェヤは生き抜きたかった。

新年になり、冬がだんだん遠のいていくと、風が穏やかになった。夕方に散歩をしながら、ジェヤはおばさんにお金を稼ぎたいと言ったが、おばさんは急ぐことはないと言った。

自分が価値のない人間に思えるの。自分が何もできない人間に思えちゃうの。悪い考えを断ち切ることができずに怯えてばかりいて、人を警戒して、空回りして、そうやってだんだん自分をさらに価値のない人間にしようとするのに集中しているみたい。価値のない人でないと何もしないでいることができないから。当たり前に何もしないでいることができるから。なぜなら私は何もできない人間だから。

ジェヤは前方に視線を据えたまま、つぶやくように言った。

でも、それじゃ、私って何者なの？

何かを必ずしなければいけないってわけではないから。ジェヤはいまのままでいいのよ。

昔ね、リスが回し車を回しているのを見たことがあるんだ。子どもの頃に家族と田舎にある食堂に行ったんだけど、そこの庭にリスがいる檻があってね。リスがすばしっこく、本当に全速力で回し車を回してて、私はその様子に見とれていたわけ。リスはずっと長い間回し車を回していたと思う。私はそのうち心臓が止まって死ぬんじゃないかと心配になったんだけど、とつぜんリスが走るのをやめたの。

おばさんがジェヤの腕をさすり、腕を回してきた。

おばさん、リスはどうして回し車を回すんだろうね。

好きだからじゃない？

ときどきリスはどうして回し車を回すのかなと思ったりしてたんだけど、このあいだ、別の考えが浮かんでね。

おばさんがジェヤのほうに目を向けた。

リスはどうして走るのをやめるんだろうね。

疲れるからよ。ジェヤが言ったように、そのまま走りつづけたら心臓が止まってしまうだろうから。

そうだよね。深く考えることもなく、それだけの理由なんだろうね。

ジェヤがゆっくり話した。

リスが回し車を回したって変わるものは何もないでしょ？　檻から出られるわけでも、空を飛べるわけでもないし、ないものが手に入るわけでもない。何も報われないの。リスが走るのをやめても、何も変わるものはない。ただただリスが好きでやっているか、リスが疲れるだけなの。

ジェヤは何もしないでいるわけじゃなくて、生きているわ。一日一日をしっかり暮らして、少しずつ元気になっているの。あまり焦らないでほしい。何かを始めるなら、夏が過ぎてからにしてほしいし。

ただそういうもんだと言いたいだけなの。リスの回し車みたいなもの。好きでやってたのに疲れてしまうこと。疲れたから降りてきたのに、また回したくなるもの。何でもないもの。でもリスにとってはとても大切な日課。

ジェヤはリスじゃないもん。

走る練習をしなくちゃいけないと思う。いつかは本当に全速力で走らなきゃいけないかもしれないから。

そういう日が来たら、自然と走れるようになると思うわ。

いま、おばさんの隣にいられてうれしい。安全だと思えるから。

だけど檻のなかにいるような気がする？

安全だから。

あたしが隣にいないとつらいという意味だよね。

不安になるの。

人々の中にいたら？

ううん、このまま私が無価値な人になるかもしれないって思って。

ジェヤは病院の隣にあるコンビニでアルバイトを始めた。カバンにはいつもフルーツナイフが入っていた。銃がほしいという考えもまだ変わらない。おばさんが盾のように思えることもあった。おばさんはたくさんのものを遮り、防いでくれた。ジェニとスンホから毎日メッセージが届いたが、ジェヤは返事を返したり、返さなかったりした。

仕事をやめて、また始めた。また始めた仕事をもう一度やめようとしたが、堪えた。カバンに手を入れてフルーツナイフをつかみ、鞘を外したこともある。バスの中だった。ジェヤはそのとき、本気で男を殺すつもりだった。ある人はジェヤの代わりに戦ってくれた。ある人はジェヤにやさしくしてくれた。ある人はジェヤを無視した。ある人はジェヤを脅かしたり見くびったりするために、何かをやめさせようとして「女の子のくせに」「女のくせに」「小娘のくせに」という言葉を使った。カチンと来たときには、ジェヤはアイスランド語やフィンランド語で言い返した。知っている単語を並べただけの、どんな意味もなさない文章に、人々は戸惑った。意味もわからないくせに怒り出した。ジェヤは夜の道を一人で出歩けなくなった。道を歩きながらイヤホンで音楽を聴くこともできなかった。親切な男を疑い、失礼な男を恐れた。道端で体を動かせなくなり、おばさんに何度も電話をかけた。感覚を忘れまいと、問題集を解き続けた。毎日日記を書いた。ジェヤは一日一日を生きていた。

2011年12月8日、木曜日

大学修学能力試験の成績が発表された。国語と英語の成績は悪くなかったけれど、数学の成績は予想を下回っていた。おばさんがブリの刺身をごちそうしてくれた。おばさんと一緒に暮らしはじめてから、私はブリの刺身のおいしさに目覚めてしまった。ああ……試験日におばさんが買ってくれたマグロの刺身の味は忘れられない。おばさんは私に、よけいなことを教えてしまったのだ。マグロやブリの味だけでなく、世の中のいろいろなものにおいて、好きな食べ物や好みややさしさの領域においておばさんの影響を受けた私は、これまで感じたことのない物足りなさを覚えて不幸になるかもしれない。

私にお金を使いすぎてはいないかと訊いた。おばさんはお金ならたくさんあると言った。私がお金持ちなのかと訊くと、そうだと言った。お金持ちじゃないってわかってるのに。

最初はおばさんがお母さんから仕送りをもらっているのだと思っていた。

アルバイトをして一学期分の学費を貯めることができた。おばさんが食べさせてくれて、住まわせてくれるからできたことで、一人では無理だったはずだ。試験も受けられなかっただろう。おばさんは私一人でもできていたはずだと言ってくれたが、よくわからない。おばさんは私の可能性を買い被りすぎだと思う。でもおばさんの言葉を信じたい。自分が見る自分より、おばさんの言葉を信じてみよう。おばさんの言葉が私を守ってくれる。

親のお金で大学に進学したくない。そこには明らかに、示談金が含まれているだろうから。どんな形であれ、含まれているだろうから。そのお金で生きていきたくはない。

私の友達は、友達という言葉を使っていいかわからない。とにかく私がまともに、まともにという言い方もおかしいのだが……高校を卒業してすぐ大学に進んでいれば、私は二年生になるところだろうか。それとも三年生？　こんな仮定をすることがまともじゃない。

ジェニから電話がかかってきた。かわいいジェニはおんおんと泣いた。中学生のときもそうだったのに。試験が終わったら泣いて、成績が出たらまた泣くのだろう。高校生になってからも試験日には必ず電話をよこしてきて泣いてたし。大学修学能力試験が終わってからも泣くとは思っていなかったけれど、ジェニはいつものようにおんおんと泣いた。ジェニは泣いても泣いているようには思えない。笑えないから泣いているのではないかという気がする。ジェニは本当に怒ったりあきれたりしたときには泣かなかった。むしろ冷めた感じになって、頭が冴える。そんなときにジェニに近づくと、周りがほんのり冷たくなるような気がした。吸血鬼みたいに。いまでもそうだろうか。たったの数年離れていただけなのに、その時間だけが私たちのすべてのように思えてくる。

もしジェニと同じ地域にある大学に進めるなら、一人でやり始めなくて済むだろう。私にできるだろうか。おばさんの元を離れることができるだろうか。おばさんは、ジェヤはまだまだ若いのよ、と言ってくれた。ため息が出るくらい若いと。母が言った言葉を思い出した。あんたはまだ若くて、先が長いのに。母のその言葉には背筋が凍るようだった。自分の人生が終わってしまったかのように思えた。おばさんにジェヤは若いと言われたとき、私は恐れていた。若いというのはいいことだろうか。若いというのは、危険だった。私は自分が若くもなく、若くなくもない、よくわからないけれど、とにかくそういうすべての形容詞から逃れたかった。

いまは長く寝ることもできるし、眠れないときでも眠りにつこうと頑張ることはない。夏にも、雨にも、耐えられる。

おばさんはなんでもやってみてと言ってくれた。とにかくやってみて、思うようにいかなかったら別なふうに考えてみて、それでも耐えられそうになかったら、また江陵に戻ってくればいいと。

おばさんは頑張っているのだろうか。おばさんは誰かのために頑張るのはとてもかっこいいし素晴らしいことだと言った。私はおばさんが頑張りすぎてはいないだろうかといまでも恐れている。

おばさんの言葉をここに記しておこう。

ため息が出るほどではないけれど、あたしもまだ若いの。いままでもあたしはお金持ちだけど、これからもっとお金持ちになるつもりよ。何かあったら、若くてお金をたくさん持っているシングルのおばさんのことを思い出して。怖いものがなくなると思うわ。

逃げないために、おばさんの言葉を書き留めておく。

私は絶対、おばさんのところへ逃げないつもりだ。逃げることを考えながら生きていくつもりはない。おばさんのところには、いつも笑顔で戻ってこよう。それでおばさんにも笑顔になってもらおう。

3

2012年、2013年

ジェヤとジェニは同じ町にある別々の大学を受験し、合格した。ソウルからあまり遠くない場所だった。二人暮らしができる部屋を探そうと、ジェニはお母さんと一緒にその土地を訪れた。ジェニの荷物を運ぶときは、お母さんとお父さんが一緒だった。両親はジェヤを言葉で元気づけようとしたが、ジェヤは二人の親しさを素直に受け止めることができなかった。家族から自分という存在がすっかり消されているような気がして、いや、もしかしたらジェヤが家族を消してしまっているのかもしれない。以前のように、家族の中にいることができなくなった。逃げ出したかった。もしかしたら怒りたかったのかもしれない。両親はジェヤにやさしく接してくれた。昔はそういうタイプではなかったのに、やさしいふりをした。両親が家賃を払ってくれると言ったが、ジェヤは自分が半分を負担すると言い張った。荷物の片づけが終わってから、まだ慣れない部屋にジェニと一緒に横たわって、ジェヤは考えた。ジェニと二人で暮らすことにしたのは、正しい選択だっただろうか。ジェニはあっという間に眠りについたが、ジェヤはなかなか眠れなかった。いますぐにでも江陵に戻りたかった。

ジェヤは友達を作ろうとは頑張らなかった。学校の行事に参加もしなかった。学期の初めに、校内にはサークルの宣伝ポスターがあちこちに張り出されていた。ジェヤは放送サークルの部屋の前まで行って、すぐに引き返した。放送原稿を書くのに胸をときめかせていた頃があったというのに、それがいまでは自分の話ではない気がした。でっちあげられた記憶のようだった。ときどき、私はどうして大学に来たんだろう、と思うこともあった。おばさんも、ジェヤも、大学には行くべきだと考えていたし、そんな会話をたっぷり交わしていたのに、それがどういう内容だったかまるで思い出せなかった。おばさんに電話をかけて訊いてみたかったけれど、そうやっておばさんを不安にさせたくはなかった。

大都会で、街は人であふれかえっていた。どこに行っても、騒然としていた。誰もが匿名で、名前がわかったとしても匿名の誰かとして接することができた。学校にいるあいだは、できるだけひと気の少ない場所を見つけて通った。建物の屋上や奥まった裏庭、小道のようなところを探し回ったが、いざそういうところが見つかると不安になった。そこで何かが起きるかもしれないと思ったから。ジェヤは自分でもどうしたいかがわからなかった。

ジェヤは徐々に理解していった。江陵で自分が少しばかり元気になった気がした理由を。おばさんから漂う雰囲気が、そう思わせてくれたのだ。おばさんのかもし出す雰囲気が、ジェヤを包み込み、大丈夫、大丈夫、と呪文をかけていたのだ。匿名ばかりの大都会では、そのような雰囲気を感じることができなかった。良くなったと思っていたジェヤの状態は、以前よりもさらに悪化してしまった。

まだ一年生なのに、ジェニには山ほどの課題があった。英語スクールに通い、サークルにも入って、ジェニはいつも忙しそうだった。帰りが遅くなる日も多く、週末にもしょっちゅう出かけていった。ジェヤは平日にも、週末にも、アルバイトをした。ジェヤもまた帰りが遅い日が多く、週末もそうだった。夜遅くに家で顔を合わせると、ジェニは「お姉ちゃん、今日はどうだった?」「ごはんは?」と訊き、ジェヤはたいてい前向きな返事をした。大したことなかったよ。食べたよ。大丈夫だったよ。だいたいウソだった。というより、からっぽの、なんの意味もなさない返事だった。ジェヤはいつも死について考えた。講義を受けながらも、道を歩きながらも、カフェで皿を洗いながらも、苦しまない死に方と苦しみの果ての死に方について、消えていなくなることについて考えた。ジェヤはいつも自分に目を向けていた。限りなく惨めになるだろう自分の未来を、だんだん落ちぶれていく人生を、いくらもがきあがいても好転しないだろう自分の人生を想像し、きっとそうなるに違いないと決め込んでいた。ジェヤは知りたかった。2008年の7月14日にあんな目に遭っていなかったら、いまの自分はどんなことを考え、どのように生きていただろうと。あまり変わらない気がした。あのことがあったとしても、なかったとしても、自分はどうしようもなく死ぬことばかり考えていただろうと。

ジェヤにたびたびメッセージを送ってくる男がいた。兵役を終えて復学した三年生の先輩で、ジェヤよりは一歳年上だった。秋学期の授業登録の前にジェヤに連絡してきて、どんな講義を先に受ければよくて、どの教授の講義がいいかを教えてくれた。コーヒーとサンドイッチをおごってくれて、試験期間には図書館の席を取っておいてくれた。毎日ジェヤの安否を尋ねてくれた。ジェヤのアルバイトが終わるのを待って、一緒にビールを飲んだ。一緒に映画を見た。男はジェヤに、君は特別な存在だと言った。いつも君のことを考えているし、とても大切に思っていると言った。ジェヤはそのような言葉を、人生の最悪な日に耳にしたことがある。

男と寝た。寝る前も、寝た後も、セックスなんかにはなんの意味もないと、ジェヤは考えた。男に会うたび、男と話すたび、男といるすべての瞬間に、それから一緒にいる瞬間にも、ジェヤはおじさんのことを考えた。性暴力ではなく、おじさんについて考えた。ジェヤは、男が自分にどんなことがあったかを知らないところがよかった。ジェヤの憂うつで感じやすいところを、本来の性格だと思ってくれるところがよかった。自分のことを好きでいてくれるところがよかった。

ジェニにも、スンホにも、男については話さなかった。あんな目に遭っても男とつき合うだなんて、本当に男に目がないんだと思われそうで怖かったのだ。じつは、それはジェヤが自分に言った言葉だった。あんな目に遭っても男とつき合うなんて。じつは、それは頭の中のおじさんが言った言葉だった。おまえはとんでもない男好きなんだな。ジェヤはおじさんを忘れることができなかった。男に尽くし、その努力を認められれば、おじさんのことを忘れられそうな気がした。ジェヤはいつも男の気持ちを気遣い、何をしてほしいか考えた。自分の気持ちと男との恋愛をつねに関連づけようとした。男がいてもいなくても自分は憂うつで、不安だとわかっていながらも、そうすることをやめられなかった。男への気持ちがだんだん大きくなっていって、すべてを忘れさせてほしいと願った。ジェヤの記憶と妄想を、ジェヤ自身を。

二年目の前期が始まって間もない頃に、男と一緒にごはんを食べようと学生食堂に行って、顔見知りに出くわした。間違いなく、どこかで会ったことのある人だった。失礼だと思われたくなくて、ジェヤは自分から先にあいさつをした。相手もあいさつを返したが、やや驚いたような表情だった。ジェヤはそのとき、相手の正体に気がついた。中学校の後輩で、高校でも少しのあいだ一緒だった子だ。べつに仲がよかったわけでもなく、目であいさつをするような関係でもなかった。名前すら知らない子だった。大丈夫。大学は広いし、人も多いもん。二度と会わなければいいから。私に起きたことをあの子が知っていたって構わない。あんなことを言いふらすような理由なんてないんだから。ジェヤはごはん粒を噛みながら考えた。向かい側に座っている男は、ごはんを食べながら携帯電話の画面をのぞいていた。

新入生の歓迎会に一緒に行こう、と男に誘われたけれど、ジェヤは嫌だと言って断った。男は自分がいなくなってから、どうやって学校生活を過ごすつもりなのかと、これを機に知り合いを作って仲良くなっておいたほうがいいとしつこく言った。アルバイトをしているあいだにも男はメッセージを送ってきた。仕事が終わったら絶対来るんだよ、君も来ると言ってあるのに来なかったらみんなに変な誤解をされるかもしれないからね、と。ジェヤは男が望むとおりにした。歓迎会に参加して、その席でまた鉢合わせした。学生食堂で会った同郷の後輩に。後輩はすでに酔っぱらっていた。ジェヤを見て喜びながら、おおげさなあいさつをした。このあいだは少しびっくりしてちゃんとごあいさつができませんでした、すみません。でも、本当に会えてうれしいんです、と言いながらジェヤに抱きついた。後輩は酔った勢いでよけいな話をしつづけた。ジェヤさんが元気そうでうれしいです。ジェヤさんの後輩で、本当にうれしいんです。本当に、本当に、うれしいんです。これからも仲良くしましょう。

頭の中から轟音が鳴り響いた。おじさんが頭のふたを開けて飛び出してきて、飲み屋と街と通りを堂々と練り歩いた。

歓迎会が終わり、みんなは二次会の場所に移動したが、ジェヤは家に帰ると男に伝えた。男は何があったんだ、高校はどうして中退したんだよ、と訊き、二人のあいだに秘密を作りたくないと言った。男はジェヤについてのすべてを知りたがった。どこかからおじさんが出てきそうで、ジェヤは怖くなった。おじさんがあらゆるところで、あらゆる形で存在しているような気がした。男はジェヤを放そうとしなかった。ジェヤは学校で自分の噂が広まる想像をした。男がその噂を聞く想像をした。ジェヤが男に別れを告げ、男は怒り出した。男はジェヤを家に帰らせてくれなかった。君のことが好きだから、どうしても君にあったことを知っておきたいと言った。

２００8年7月14日の夜、母に言い、産婦人科の先生と警察にも事実を伝えた。それからジェヤは、誰にもあの日のことを打ち明けなかった。声に出して言ったことはなかった。

ジェヤは男に言った。

心の片隅に希望を抱いていた。理解してもらえる気がした。小さな希望を除けば、あとはあきらめたい気持ちと意地しか残っていなかった。みんなに言いふらしてから殺すか、死んでしまいたかった。みんなに知られた以上は、なんだってやれそうな気がした。ジェヤは、本当にそうしたかった。

ジェヤの話を聞いて、ジェヤにありきたりな質問をして、それから男は黙りこんでしまった。息を吐いて、手のひらで顔をさすった。家に帰るというジェヤの言葉にも返事をしなかった。ジェヤは歩いた。バスに乗った。バスから降りて家に帰った。部屋に入ってカギがかかっているのを確かめたあと、泣いた。

夜遅くに男からメッセージが届いた。いくら考えても、どうして君がされるがままになっていたのかが理解できない、俺のことが本当に好きなら、君は最後まで秘密にしておくべきだった、むしろウソをついてほしかった。ジェヤは携帯電話を投げつけた。ジェニがジェヤを抱きしめた。どうしたの？　お姉ちゃん、何かあった？　ジェヤはジェニを押しのけた。なんでそんなことを訊くの？　なんで知らんぷりするわけ？　ジェニも忘れたのだろうか？　私が何もなかったふりして過ごしているから、ジェニも忘れちゃったのだろうか？　それともわざとそんなふりしてるのだろうか？　なかったことにしたいから？　それで私のことも消してしまいたいから？　ジェヤは家を飛び出したくなった。江陵に戻りたかった。でも怖かった。おばさんにもこう訊かれるかもしれないから。どうしたの？何かあったの？

すべてが芝居のような気がした。

２００８年７月14日の自分だけが、本物のように思えた。その前も、その後も、芝居するようにして生きていたように思える。小さいながらも希望を抱いた自分を、好きだと言われて好きになった自分を、言ってほしいと言われて本当に言ってしまった自分を嫌悪した。楽に考えてもいいんだと言われて、言われたとおりにしたコンテナの中での、あの夜のバカな行動を繰り返してしまった気がした。おじさんの性器を口にくわえているような気がした。７月14日にあのようなことが起きていなかったとしても、その後のある日に、私はきっと、あのような目に遭うことになっただろうと、自分のようなマヌケでだらしない女は、あんな目に遭うに決まっているんだと、あんな経験をしなかった女性だっているんだから、結局自分がしっかりしていないせいだと、自分の問題だと、ジェヤはそう考えた。それくらいの男、それくらいの噂、それくらいの疑い、それくらいの秘密、それくらいの記憶、それくらいの性暴力。ジェヤは自分の存在がうっとうしく、重荷に思えてならなかった。自分を放り出してしまいたかった。吐き出してしまいたかった。

二日後に男から電話がかかってきた。男はしつこく問いただし、怒っていた。ジェヤが電話を切るなら、家に駆けつけるつもりだと言った。ジェヤは夜中まで男の話を聞かざるをえなかった。あくる日にも電話がかかってきた。電話で言ったことを謝りながらジェヤを助けたいと言った。守りたいとも言った。ジェヤは電話番号を変えた。大学には行かずにアルバイトをさらに増やした。朝八時から夜十二時まで働いた。一日じゅう体を張って働き、そのあとは街をさまよった。お酒を飲んだ。初めて知り合った人と格安ホテルに行った。毎日を棒に振った。乱暴な口をきいた。恐ろしくて、恐怖の中に飛び込むことを選んだ。なんらかの事件が起きてしまいそうな気がして、自分で事件を起こした。近くの不幸で、遠くの不幸を包み隠した。わき出る卑下の言葉に耐えられずに、他人の口からそんな言葉が出るように仕向けた。他人がジェヤを雑に扱うほど、ジェヤも自分を雑に扱うことができた。なんでもやれると考え、そう言いふらした。すべてを「それくらい」と思うようにした。

ある日、ジェヤは突発的に警察に行った。いまからでもおじさんを罰することができたら、泥沼から抜け出せそうな気がした。警察官は過去に一度告訴して取り下げた案件に関しては受理ができないと、示談書を書くべきではなかったとジェヤに責任を転嫁しながら、残念そうに言った。ジェヤは知らなかった。当時もいまも、何が起きているのか、いつも後になって気づいた。「気づく」というのは、もう手遅れだという意味でもあった。

梅雨が始まってからジェヤは暴走した。アルバイト先をクビになり、何日も家に帰らなかった。毎日が危うかった。ジェニはジェヤを一人で抱えきれなくなり、江陵のおばさんに電話をかけた。雨が降りしきる土曜日の夜明けに、ジェヤは家の前でおばさんの小型車を見かけた。バックミラーに小さくて白いイルカのぬいぐるみがぶら下がっている。ジェヤが飾ってあげたものだった。顔を上げて家の窓を見ると、明かりがついていた。ジェヤは携帯電話の画面をのぞいた。不在着信が五通も入っている。耳たぶに手を触れてみた。黒い玉のピアスが手に触れた。ジェヤは歩いてきた道を引き返すことにした。あてもなく歩き、二十四時間営業のカフェに入った。隅の席に腰を下ろして目を閉じた。江陵での時間が夢のようだった。夢でしか会えない人がいきなり現実の世界に現れてきたかのようだった。おばさんに会いたくなかった。無意識のうちにおばさんのことさえ「それくらい」と考えてしまいそうで怖くなったのだ。携帯電話が鳴り、おばさんの電話番号が画面に表示された。ジェヤは電話に出た。ジェヤに会いにきたのに家にいないんだね、早く戻って、とおばさんは言った。

おばさんがそこにいたら、私、帰れないの。

そう言わないで早く帰りな。

私が間違ってた。

何を言ってるのよ、あんたは何も間違ってなんかないわ。早く帰っておいで。

今度、私が江陵に行く。いまはおばさんに会えそうにないの。

おばさんは少し迷ってから、わかった、必ず江陵に来るのよ、いつも待ってるからね、と返事した。おばさんは少しばかり涙声になったが、ジェヤは泣かなかった。

ジェニは実家に行ってくると言った。どうして私には一緒に行こうと誘わないわけ？お母さんの誕生日なのに、なんでジェニだけ行くわけ？　それが当たり前になったわけ？ジェヤは言いがかりをつけた。あたしも行かないほうがいい？　ここでお姉ちゃんと一緒にいようか？　ジェニが訊いた。そういうことじゃなくて、私も一緒に帰らなくちゃいけないでしょ？　一緒に帰ろうと誘わなくちゃいけないでしょ？　お姉ちゃんは、まだ帰るのがつらいんじゃない？　江陵にいるあいだも一度も帰らなかったじゃない。それでも一緒に行こうと誘わなくちゃ。私も家族なんだから、私もお母さんの娘なんだから、なのに私はなんで行っちゃいけないわけ？　それなら、一緒に行こう。お姉ちゃんも一緒に行こう。気疲れしたジェニがそう言った。ジェヤは自分の口を縫い込んでしまいたかった。ジェニに申し訳なくて、また憎くもあった。ジェニのせいではないのに、ジェニのせいにしたかった。ジェニはバッグを下ろして、帰省しないと言った。ジェヤはまたカッとした。お母さんの誕生日なんだから、あんただけでも行かなくちゃ。あんたまで行かなかったら、お母さんとお父さんが私のせいだと思うに決まってるじゃない。いざこざのすえに、ジェニだけが家を出た。ジェヤは寝つくと、いつもの悪夢を見た。のっぺらぼうの男から逃げようとしてドアを開けるのだが、次々出てくるドアをいくら開けてもドアの向こうは壁、というような夢。夢だとわかっているのに目を覚ますことができなかった。体が底へ底へと限りなく沈んでいった。

目を覚ましてみると、夕暮れになっていた。窓が開いている。開けっ放しで寝たっけ？

ジェヤは壁に寄りかかって窓をじっと見つめた。ジェニに電話をかけて謝りたかった。でもまたジェニをいじめてしまいそうだった。自分をコントロールできる気がしなかった。ジェヤはおばさんを失ってしまったと考えた。それからいまは、ジェニを失いつつあると。ジェヤはもう慣れっこになったいつもの感情にとらわれた。憂うつで不幸な気持ち、自分を責める気持ち、死にたいという熱望。部屋は五階にある。キッチンには包丁がある。どこをどれくらい切れば、二リットルの血が噴き出るのかもすでに知っている。クローゼットの中のハンガーパイプは、ジェヤの背丈より高かった。ジェヤは死ぬことができた。苦しいだろうけれど、それほど長い時間はかからないはずだった。ジェニが明日帰ってくるまでに、自分自身を消してしまえるはずだった。ジェヤはたくさんのことを「それくらい」と思えるように頑張ってきたし、真っ先に自分のことをそう思うようにした。だんだん頭がはっきりしてきた。ジェヤは本当になんでもできた。そのまま立ち上がって椅子を窓の下に寄せて、椅子に上がることができる。本当にそうできると思うと、体を動かすことができなかった。窓から落ちるための人生だったような気がした。窓から落ちるために、これまで生きてきたような気がした。世のすべてが、自分の死を待っている気がした。人々の惨(むご)い言葉が頭をよぎった。軽蔑し、疑う眼差し。ずり落ちる黒いスラックス。赤黒い下着、おじさんの匂いが鮮明によみがえってきた。死を促すかのように、その日の感覚がよみがえった。ジェヤは頭を割って脳のある部分を切り落とす想像をした。しつこく、想像した。ときどき夏の夜に響く大きな声が聞こえてきた。ジェヤは体を動かしたかった。起き上がって冷たい水を飲み、悪い考えを払いのけたかった。外に出て走りたかった。おばさんに電話をかけたかった。ドラマの主人公のように、朗らかに生きたかった。ジェヤは初対面の男たちになんでもできると、やれない理由がないと言ったし、本当に相手から求められたすべてをやった。なんでもできるから、だからドラマの主人公のように生きていけるはず。朗らかに、明るく、他人を信じて、自分を肯定しながら、どんな逆境やつらいことがあっても負けることなく、ついにはハッピーエンドを迎える。とつぜん土砂降りになった。雨水が窓枠に当たって部屋に入ってきた。携帯電話の着信音が鳴り、ジェヤは画面をじっと見つめた。電話に出たかったが、手を伸ばすことができなかった。着信音がいったん止まり、また鳴った。ジェヤはありったけの力を振り絞った。腕を動かすために。携帯電話を手に取るために。着信音が止まり、また鳴った。その繰り返し。ジェヤはようやく通話ボタンを押すことができた。携帯電話を手に取ることはできなかった。微かにスンホの声が聞こえた。ジェヤは言いたかった。来て。声に出して言いたかった。いまここに来て。

3

スンホは兄と一緒にソウルで暮らしていた。スンホはバスに乗るたびに思い出した。夏休みに一緒にソウルに行こうと、大きくてのろのろと走るソウルのバスに乗って遠くへ遠くへ行こうと言っていたあの夏を。スンホは本当にそうしたかった。それほど大変な望みでもなかったのに、十分にやれることだっただろうに、どうして叶(かな)わないことになってしまったのだろう。今日ジェニが電話をかけてきて、なんだか不安だと、お姉ちゃんが電話にでないと、お姉ちゃんのところに寄ってみてほしいと頼まれていなくても、スンホはジェヤに電話をかけるつもりだった。ジェニが帰省するという話を聞いていたから。じつはスンホも、毎日が不安だったから。

電話がつながったのに、なんの音も聞こえなかった。

スンホは携帯電話を手に持ったまま外に出て、タクシーを捕まえた。話しつづけた。姉ちゃん、昔三人で一緒に校庭で火遊びしたのを覚えてる? あのとき、当直の先生に捕まってうちの母ちゃんが学校に呼ばれたりして大騒ぎになったじゃないか。あの頃は何をそんなに燃やしたかったんだろうね。ジェニがうちらの中で一番積極的だったよな。姉ちゃんと僕がもじもじしてたら、ジェニがいきなり火をつけたんだし。姉ちゃん、いまラジオで展覧会(チョンラムフェ)［九〇年代に活動した男性デュオ。「記憶の習作」など、ヒット曲多数］の曲が流れてるよ。これ、めっちゃ昔の曲だろ? 姉ちゃんが好きだったから僕も知ってる。タバコ一本吸い終わる頃に、曲も終わっただろ？　スンホは思いつくまま話しつづけた。姉ちゃん、いま向かってるから。すぐ着くよ。道が空いてる。アイスクリーム買ってこうか？　餃子がいい？　僕がビビン麺も作ってあげようか？　家に麺はある？　姉ちゃん、信号に一回も引っかかってなくて、めっちゃスピード出てるよ。タクシーから降りるまで電話が切れなかった。スンホはジェヤの部屋の窓を見上げた。電気が消えている。階段を駆け上った。荒い息を吐きながら、玄関ドアを叩いた。なんの音も聞こえなかった。スンホは電話を切ってジェニに連絡し、ドアロックの暗証番号を訊いた。ドアを開けて部屋の中へ入った。暗やみの中で、ジェヤが座り込んでいた。壁に寄りかかってひざを立てた格好で、腕は携帯電話に伸びていた。スンホは電気をつけてジェヤの隣にゆっくり腰を下ろした。ジェヤは窓から入ってきて床にたまっている雨水を眺めていた。スンホは窓を閉めて、タオルで床を拭いた。ジェヤが何かを言った。スンホは近寄ってジェヤがもう一度言うまで待った。体が動かない、とジェヤは辛うじて言った。スンホはジェヤがひざを伸ばすのを手伝った。固まってしまった手足は血の気が引いていた。顔と髪の毛は冷や汗でぬれている。ジェニから電話がかかってきた。大丈夫だと、何もなかったと、姉ちゃんは家にいると答えた。

ジェヤはとても浅い息をしていた。

スンホは答えを知りたかった。出口を見つけたかった。姉ちゃん、迷路があるでしょ？

スンホはジェヤの腕と脚をマッサージしながら言った。迷路で出口を見つけるためには、左側の壁に手をつけて歩けばいいんだって。そうすると、迷路のすべての道を通るくらい時間がかかっちゃうけど、とにかく出口は見つかるんだって。こわばっていたジェヤの手足に血色が戻ってきた。少しずつ息をして、姉ちゃん。スンホがジェヤの目を見ながら言った。スンホがまず息を深く吸って吐いた。ジェヤはゆっくり息を吸い込んだ。突然咳が出た。スンホは咳が落ち着くまでジェヤの背中をさすった。咳が止まり、ジェヤは大きく息を吐き出した。ちょっと外を歩く？　外でごはん食べない？　スンホが訊いた。ジェヤは手を床につけてひざを立てた。スンホはジェヤを支えた。ジェヤはゆっくり起き上がり、左側の壁に手をつけた。

2014年

ジェヤは後輩と男が、学校の人たちにどんな噂を広めているか気にしないように努めたし、実際ある程度は気にならなかった。ジェヤは三十分ごとの計画を立てて、そのとおりにした。いつも同じ時間に起きて、家を出て、同じ時間に布団に入ろうとした。授業がある日は、空いた時間にやることをあらかじめ決めておいた。アルバイトのあと、家に帰るときは、ごはんを食べ、掃除をし、シャワーを浴びるまでの動線を頭に描いた。毎日をシンプルに、予測可能なものにしたかった。

グループ発表を終えた日に、打ち上げをしようというメッセージが届いた。ジェヤは返事をしなかった。出欠を尋ねるメッセージがふたたび送られてきた。ジェヤはアルバイトがあって参加できないと返事した。

ちょっとでいいから参加してほしい。今回は君がテーマを決めて、最後のまとめもやってくれたんだから。

時間が取れないとジェヤは返事した。

そこまで距離を置くこともなくない？　みんな君の傷を理解してるから。君と仲良くしたいんだよ。

ジェヤはしばらくメッセージを眺めた。傷……ではない。傷には、完了、または跡のニュアンスがある。だけど、あれは寄生虫のように、病原菌のように、生き物のように、生きたままジェヤを蝕んだ。過ぎたことではないのだ。このようにぬっと日常に割り込んできて、ジェヤを「ある種の人」たらしめた。

良いふうに考えようよ、良いふうに。遅くなってもいいから絶対来てね。どうしても君と話がしたいんだよ。

ジェヤは「良いふう」がどういう意味かについて考えた。善意について考えた。善意は意図がある行為なのだろうか。ジェヤは返事をしなかった。被害妄想だと言われようと、誤解されようと、陰口を叩かれようと構わない。すでに誤解され、陰口を叩かれているのだろう、とジェヤは思った。

性犯罪に関連して、親告罪ではなくなったという過去のニュースが映っている画面を、ジェニが見せてくれた。

あたし、なんでこんなこと思いつかなかったんだろう。

ジェニが自分を責めるように言った。

どうしてお姉ちゃんの代わりに通報しようと思えなかったんだろう、あのとき。

あのときは、あんたにはできることじゃなかったの。私にしかできなかった。

思いつきもしなかったのがとても恥ずかしいし、悔しいと、もしかしたら自分もお姉ちゃんだけの問題だと思っていたのかもしれないと、ジェニは冷たい声でつぶやいた。

あの人はどうしているのかとジェヤが尋ねた。結婚して、子どもがいるとジェニは答えた。妻と子どもはソウルにいて、本人はソウルと地元を行ったり来たりしていると。事業は大きくなって、財産も増えてるけど、よくわからない。よくわからないけど、市議会議員の話も出てたよ。市議会議員に立候補するとか、市議会議員を推薦するとかなんだって。

あんな人がどうやって議員になれるわけ?

大人たちが言うには、ああいう人だから議員になるもんだって。

ジェヤは自分の過去を思い返した。どこにでもあるありきたりな出来事すぎて、堪えきれずに吹き出した。ジェニはスンホの話をした。ジェヤが江陵にいたとき、ある節句の前に、スンホがおじさんの車を壊し、おじさんを殴りつけたと。近所からの通報で警察が来たけれど、大人たちはそれまでどおりのやり方で事を丸く収め、うやむやにしたと。スンホの友達は、先輩や後輩たちは、ジェヤのことをもともと男好きで「怖いもの知らずの女の子」だと思っていた。そういう目で見れば、問題を起こしたのはおじさんではなく、ジェヤのほうだった。彼らはスンホに真相を確かめようとした。本当にジェヤがおじさんを誘った？　おじさんがその誘いにのっかってしまったのか？　産婦人科に行って証拠まで残すような緻密な性格で、それでおじさんからいくらもらったんだ？　おまえとはどんな関係なんだ？　スンホはおじさんのあばら骨を折った。

ジェヤは初めて聞く話だった。

殺す？

ジェニが言った。

みんな殺しちゃう？

ジェヤは長いあいだ、わからないでいた。自分がどうしたいのか。あの人が死んだり、あの人を殺したりする想像を何度もしたが、それを望んでいたわけではなかった。暴力も嫌だった。２００８年7月14日の出来事だけで十分だった。大人たちの、終わったという言葉に怒りで身震いしながらも、自分でもやはり自分の人生は終わったんだと思っていた。もっとめちゃくちゃにしようともした。めちゃくちゃにしようともがくたびに気づかされた。自分はまだ終わっていないんだと。

２００８年７月14日、月曜日

ほとんど初めて、冷静に、じっくり考えた。私はどうしたいのか。頭に刻まれて忘れられない彼を、まっすぐ見つめた。

彼を法律で裁くことができるとしよう。それでも彼は自分を加害者だとは思わないだろう。罰を受けたから、自分は真の犠牲者だと思うはずだ。ますます図々しくなるだろう。罰を受けたから、本当になかったことにして、さっと飛び立とうとするだろう。２００８年７月15日に、私は警察署を訪ねた。安全を手にするためだった。彼はまた同じことを繰り返すつもりがあるということをほのめかしていたから。警察に言えば少なくとも、少しだけでも、彼を捕まえて閉じ込めてくれるだろうと思った。結局、みんなに知られることになり、彼は私に近づくことができなくなった。警察のおかげだろうか。それは違う。私が自爆したからだ。警察官は私を疑い、示談するように勧めた。私は周りの非難によって穢れて、噂の中の女の子になって、ついには逃げ出さなくてはならなくなった。彼は自分の居場所をこれ見よがしに守り抜いた。それでも、私は後悔しない。自分で自分の生存を守ろうとしたことを、後悔しない。誰にも言わなかったら、私はまた同じ目に遭っただろう。継続的に同じ目に遭いながら学校に通うことになったはずだ。彼の奴隷になってしまっただろう。彼が罪を重ねれば重ねるほど、私は自分を呪ったに違いない。それから結局、あのときの警察官が言ったみたいに、何もできないまま部屋に閉じこもって、気がふれてしまったかもしれない。私が本当にそうなるべきだと思う人も、いただろう。

私は彼が自分で自分を嫌悪し、憎んでほしい。私が自分を嫌悪したように、憎み、自分を責めながら壊したように、いや、私よりも激しく、厳しく。言い訳しないで自分の過ちを認め、自分を恥じてほしい。

それが無理なら。

それなら、彼よりもうんと力が強くて体の大きい怪物のような人が、いや、人でなくてもいい。獣でもいい。とにかくそういう何かが、彼を強姦してほしい。彼の罪を彼に気づかせる必要もない。彼の財産を奪う必要もない。家族を狙う必要もない。名誉を傷つける必要もない。ただ彼が同じ目に遭えばいい。そうして、そのことをみんなに知ってもらえばいい。本当にそんなことが起きたら、みんなは彼にどんな言葉をかけるだろうか。おまえも楽しんだんじゃないかと言うだろうか。おまえが死ぬ気で拒んでいれば、そういう目に遭わなかったはずだと言うだろうか。男のくせに、怖いもの知らずで、恥知らずだと、男が泣いて言ってるからって全部鵜呑みにしちゃいけないと、そんなことを言うだろうか。男がお酒を飲んだのがそもそも間違いだと、おまえの勘違いじゃないかと、噂が広まって男の人生が終わってしまったと、童貞でもないんだし、自分で誘ったのか誘われたのかわかりゃしない、と言うだろうか。加害者を見るような目で彼を見るだろうか。

嫌だった。スンホが彼の車を壊し、あばら骨を折ったことも、ジェニが誰かを殺してしまいたいという考えを抱くことも、嫌だった。もう一度彼に歯向かったとしても、人々は彼を守ろうとするだろう。ある人は彼の事業で収入を得て、ある人は彼の家を借りて暮らし、ある人は彼に紹介された仕事をしている。ある人は彼の一言を待っていて、しかも彼となんの関係もない人も、彼が自分となんらかの形でつながっていると思い込む。政治をする人、教育に携わっている人、神の言葉を伝える人、財産家たちと交流する彼を、立派な人、成功した人、周りに認められるべき人として思い込んでしまう。彼が何をしようと、人々は言うだろう。大きな仕事をする男にはそういうエピソードがつきものだと。そういう言葉によって彼は強くなり、またさらに強くなるだろう。何をしても平気な人になるはずだ。

私はどんな人だろう。あそこにいる人たちは、私をなんと呼んでいるのだろう。


女の子。

女性ではない女の子。

怖いもの知らずの女の子。

多くの人は私のことを理解してくれないだろう。

一瞬の出来事にあまりにも縛られすぎていると、私が自分の人生を棒に振っていると考えるだろう。

心を決めさえすれば、忘れられることだと考えるだろう。

私を弱虫だと考えるだろう。

どうしようもない女の子だと考えるだろう。

しかし、果たしてそれは、他の誰かの考えなのだろうか。自分の考えではないだろうか。自分で自分を蔑んでいるのではないだろうか。バカみたいな自己嫌悪をやめたい。このまま墜落しつづけるわけにはいかない。私は走りたい。

2014年9月9日、火曜日

六年ぶりの帰省。私の部屋は物置になっていた。

お母さんもお父さんもある程度は私のせいだと思っているのだろう。娘に落ち度があって、ちゃんと育てられなくて、そうは言ってもそれほど悪い子ではなくて子どもっぽいところがあっただけで、思春期だから起きたことであっていまは無事成長していると、すべて過ぎたことだと、そんな話をしながら笑ってごまかそうとしているのだろう。

彼を見た。彼は人々に囲まれていた。赤ちゃんを抱いていた。

彼は守られている気がする。彼は笑った。赤ちゃんを抱っこして笑った。輝いているようだった。彼は光の中にいた。彼はそこにいるのが当然な人のように見えて、私はそこにいてはいけないような気がした。

人々は何もなかったかのように私に接する。いや、そこにいないかのように扱う。思えば、子どもの頃の私も空気同然だった。当時は私に本当に関心がなく、いまは関心がないふりをしているだけ。そうこうするうちに、私にも不思議な能力が身に着いた。目を見て人の気持ちが読めるようになったのだ。この三日間、私はみんなが目で言うことをすべて読み取ることができた。勝手に私の将来を心配しないで。心配するふりをして呪いをかけないでよ。時代錯誤な自分たちの将来を心配したらいい。

誰かさんちの息子はいくら稼いでて、誰かさんちの娘はいくらいくらする家に住んでて、そこの家の息子は税理士になったし、あそこの家の娘は億単位の年収を稼いでるよ、うちの婿が今度中国で大成功してさ、うちの娘は旧正月やお盆のたびに金のブレスレットに金時計にブランドもののバッグをね、うちの孫はあんな難関試験に合格したんだから寄ってくる女が引きもきらないだろうよ、あの家の息子はいつになったらまともになるものやら、だけど男だから一度心を決めさえすれば、だって頼りになるものがないだろ、カネもないんだし学歴もそこそこ、誰でもいいから捕まえてまず結婚しなきゃ、女の子が勉強しすぎると理想ばかり高くなって、女は三十過ぎたら……という話を聞いていると、頭がおかしくなりそうだった。自慢、あるいは誰かを非難するだけの会話。あなたたちは自分の人生をなんだと思っているのですか、と問いかけたかった。我が子の人生ではなく、あなたたちの人生はどこにあるんですか？　私のことも、こんな感じで話題に上るのだろう。口さびしいからって私をズタズタにするのだろう。そんなに話題がないのだろうか。なんてむなしい人生だ。

自分の人生で経験した最大の不幸は、強姦されたことだと思っていた。しかし、違った。私にとっての最大の不幸は、このような人たちに囲まれて生まれたことだった。このような人たちに、大人だからという理由だけで頭をさげて、大人の言うことだからという理由で言われるとおりにして、そうでないと生意気で、将来が見えない子になってしまう。おじさんは悪魔だから私を強姦したのではない。この土地では、それが強姦と見なされないから強姦したのだ。おじさんが堂々としていられるのは、加害者のくせに犠牲者のふりができるのは、この世界ではそれが当然だからだ。ここの人たちは「強姦」や「性暴力」という言葉の意味を知らない。知っているのは、「男がムラムラしたらやりかねないマネ」だけだ。男がお金持ちならお金持ちだからどうってことない、お金がなければ気の毒だから目をつぶってあげよう、お金がそこそこあれば余裕があるからちょっとよそ見を……これだからこの土地の男は、いつでもやりたい放題。この地球のどこかでは、いまでも女性性器切除が行われているという。汚くて不敬だからという理由で生理中の女性を隔離するという。女性を財産と見なすという。結婚持参金が少ないという理由で女性を虐待するという。ここの人たちにそのような話をしたら、なんと言うのだろう。なんてことを、と言って驚くだろうか。私たちは何が違うのだろう。韓国は何が違うというのだろう。うちの息子は一か月で稼いでいるお金がこれだけあるんだから、若気の至りで女の子に手を出したって、どこが問題かというこの土地は……野蛮人たちめ、破廉恥なヤツらめ。

あの日にあの事件が起きていなければ、私はきっと別の人生を生きているのだろう。
あの日にあの事件がなかったとしても、彼はきっと今のような人生を生きているのだろう。

忘れましたか？　あの人が私を強姦したんですよ。
私がそう言うと、誰もが固まってしまった。気まずそうにしていた。舌打ちをした。恥ずかしい話をどうしてそんなに堂々とできるのかと言った。虫を見るような目で私を見た。私は虫ではない。人間だ。私も恥ずかしいという気持ちを知っている。私は恥ずかしくなかった。

2008年7月14日、月曜日

私は覚えている。彼を初めて教会で見たときのことを。初対面ではなかったはずだけれど、私には初対面と変わらなかった。彼の服にアイスをつけてしまったけれど、彼はかえって喜んだ。写真を見ているかのように、彼の表情がいまでも鮮明に浮かぶ。彼は腰をかがめて蛇口をひねり、ホースを私のほうへ向けてくれた。水が跳ねないように強さを調整してくれた。大人らしく気長に待ってくれた。彼は私が驚いてはいないかと心配してくれ、私が警戒すると、落ち着いて説明してくれた。子どもだからといってぞんざいな扱いをせず、見くびることもなかった。私が水道水を飲もうとするのを止めて、ペットボトルに入った冷えた水を持ってきてくれた。お金を渡すときに私の手をそっと握ったけれど、なんの意味もない動きだった。本当にそうだった。

彼がプレゼントだと言って携帯電話をくれたとき、気が重かったけれどうれしかった。両親なら絶対買ってくれそうにない最新型だったから。携帯電話がなかったらみんなから相手にされなかったかもしれない。友達に遊んでもらえなかったかもしれない。周りと自分を比べて落ち込んでたかもしれない。携帯電話を手渡しながら、酔っぱらった彼は何度も私の頭と肩をポンポンと触った。嫌な気はしなかった。彼は酔ったせいで自分が私の頭を触っていることにも気づいていない様子だった。パジャマ姿の私を見て、彼はやましいことを考えていたのだろうか。不純な意図で携帯電話をプレゼントし、頭を触ったのだろうか。従兄さんが俺のせいで娘の卒業式にも参加できなかったのが申し訳ないしありがたかったから。彼はそう言っていたし、本気のようだった。

旧正月だったと思う。スンホの家の庭で、彼としばらく話し込んだ。そのとき私は、毎日が憂うつで、悩みごとが絶えなかった。仲良しだった友達と距離を感じていた。友達が私を邪険に扱っている気がして、甘く見られているのだろうかと考えていた。お小遣いのことで意気消沈していた。友達の金遣いについていくことができなかった。朝から晩までケンカをする両親は、私に八つ当たりした。私は自分がろくでもない人間だと思った。特別な人ばかりが目に映っていて、自分はちっとも特別ではないと思えた。その日、彼は庭で私に、きれいになったと言った。私のいいところについて語ってくれた。向上心が私をもっと立派な人にさせてくれるだろうと言った。彼は落ち着いた態度でそう言い、私はその言葉を信じたくなった。彼はタバコを口にくわえた。火をつける前に、タバコを吸ってもいいかと尋ねた。これまで私に、そのような許可を求める大人はいなかった。彼はタバコを吸い、私はその隣にじっと立っていた。タバコの煙を吐きながら、彼は何かを考えているようだった。私は大人になった自分を想像した。彼はそのときも私を触ろうとしなかった。いやらしい言葉など、いっさい口にしなかった。

中三の夏に、街で彼に遭遇したことがある。問題集を買って書店から出てきたときに、彼は私を呼び止めた。彼は車の運転席に座っていて、その隣の席には大人の女性がいた。二人ともスーツを着ていた。暑そうに見えた。彼は家に帰るつもりなら送ると言った。私は後部座席に乗った。彼と大人の女性は、低い声で話し合った。彼から何かを訊かれ答えたとき、私は彼をおじさん（アジョシ）と呼んだ。叔父さん（サムチョン）でもお兄さん（オッパ）でもなくおじさんだなんて他人行儀ね、と言って大人の女性が笑い出した。大人の女性はどこかで車を降りた。私は後部座席に乗ったままだった。コーヒーが飲めるのかと彼は私に訊くと、カフェの前に車を止めて何か冷たいものでも飲もうと言った。一緒にカフェに入り、アイスコーヒーをテイクアウトした。彼が前の席に乗るようにと言うので、私は言われたとおりにした。別人かと思ったと彼は言った。背が伸びたのかと訊かれて、私はそうだと返事した。去年より五センチくらい伸びたと。お母さんもお父さんも気づかなかったことに、彼は気づいていた。車の中は涼しくて、日差しは照りつけていた。肌寒くなって手で腕をさすると、彼は空調の風量を弱めてくれた。私が手のひらで庇をつくると、今度はコンソールボックスからサングラスを取り出してくれた。大事にされている気がした。彼は他の人にもこうするのだろうか。さっと気遣いができるのだろうか。生まれ持った性格だろうか。習慣のようなものだろうか。大きすぎるサングラスが何度もずり落ちてきた。そのとき初めて、サングラスをかけた私は、妙な気分がした。大人になったような気持ちになった。いま思えば、彼に会った多くの瞬間に、私は大人になった自分を想像していた気がする。そのときの彼がどんな目つきをしていたかは思い出せない。変な目つきをしていたなら、覚えているだろう。彼は私を、家の前まで送ってくれた。

夜遅く、彼に会ったこともある。高校一年生のときだった。夜間自習が終わってバス停に向かうと、彼がいた。私は友達と一緒だったので、彼にはあいさつだけした。私たちは同じバスに乗り、家近くのバス停で降りた。友達と別れて、彼と一緒に歩いた。私はバスに乗る彼を考えたことがなかった。彼は酒を飲んだから車を置いてきたと説明した。お酒の話をされて、私は彼からお酒の匂いを感じた。交差点で右に曲がるはずの彼が、私の後

について まっすぐに進んだ。時間が遅いから家まで送ると言った。歩くと酔いが覚めると も言った。彼は私に触ろうとしなかった。指一本触れなかった。家の前の路地にさしか かって、彼にお礼を言った。彼がお小遣いをくれた。三万ウォンだったか五万ウォンだっ たと思う。彼はそのまま立って、私が角を曲がって見えなくなるまで見守っていた。私が 後ろを振り向くと、早く家に帰ってと言わんばかりに手を振った。彼はそのとき、どんな ことを考えていたのだろう。

2008年の初春に、町じゅうの大人たちが我が家に集まったことがある。庭でバー ベキューをして、お酒を飲んだ。彼はトイレに行ったついでに、私の部屋のドアをノック した。これからイカナゴを焼くと、貝もあるんだと、外で一緒に食べようと声をかけられ た。私はお腹がいっぱいだと返事した。彼は少し酔っていた。顔が赤くなっていた。彼は 部屋のあちこちに目をやりながら、いい匂いがすると言った。彼は本棚にある本を眺め た。私はドアノブを握ったまま立っていた。彼はリビングに出てソファに腰をかけた。そ のままドアを閉めるのも気が引けて、私はキッチンに行ってぬるいお湯ではちみつ茶を入 れて彼に渡した。彼がお礼を言いながら、やはりジェヤは懐が深いと言った。いや、思慮 深いだったっけ。彼は自分の大学時代の話をした。自分が本当にしたかった仕事といましている仕事について話した。自分が主人公であり、中心であることを自ら確かめようとして、そういう話をしている気がした。室内バルコニーの窓から庭にいる大人たちの姿が見えた。彼は少しばかり、うんざりしたような表情を浮かべた。彼は座ったまま目をつぶり、開けなかった。考え中なのか眠ったのかがわからなかった。私はそっと立ち上がって部屋に入った。しばらくして玄関を開ける音が聞こえた。そのときまで、家の中には彼と私だけがいた。彼の目つきはおかしくなかった。私に一度も変な話をしなかったし、ただ自分の話ばかりしていた。本当にそうだった。その日から半年も経たないうちに、2008年7月14日になった。

彼は怪物でも、獣でもなかった。親切でやさしい大人の男性だった。そのことを認めることも、理解することもできなくて、これが書けるようになるまでうんと長い時間がかかった。彼が私にあんなことをしなかったなら、彼が言ったとおりに、何か困ったことがあったときに彼に助けを求めたかもしれない。彼が私にあんなことをしなかったなら、私は間違いなく、彼の結婚式に参加しただろう。赤ちゃんの誕生を祝福しただろう。年を取れば取るほど、彼が言ったとおりに、彼に気安く接することができたかもしれない。全然わからない。彼が豹変したのか。少しずつ変わったのか。元々そういう人だったのか。それが知りたくて、長い間考えつづけた。私は、本当に知りたかった。

あの日、寝坊をしなかったら、彼の車に乗らなかったら、学校から少し早く、または遅く出てきていれば、コンビニに寄らなかったら、いい気分に浸っていなければ、音楽を大音量で聴かなかったら、コンテナでタバコを吸わなかったら、彼の話を信じなかったら……こんな仮定をするのは無駄なことだ。してはいけないことをしたのは、あの人だ。はっきり言って、彼はそんなことをしないでいられたし、してはいけなかった。それで私は、自分を呪ってしまう。彼のことを思い、あの日のことを思い、何がなんでも自分の間違いを見つけ出そうとする自分を、彼のやさしさやあたたかさを知っている自分を、「そんな人じゃなかったのに」と思ってしまう自分を、お酒が原因かなと疑う自分を、そうじゃないとわかっているくせに別の理由を見つけ出そうとする自分を呪っている。

彼は自分で自分を呪うことがないだろう。一度でも自分を呪ったことがあるなら、私に謝罪したはずだ。言い訳などしなかったはずだ。彼は自分自身を愛している。大事にしている。この世で自分が一番大切で、自分は何も間違っていない人生を送っている。彼はそのように暮らしながら自分を保っているのに、どうして私は自分を呪ってしまうのだろう。

自分をメチャクチャにしようともがいているのだろう。どうして私も自分に責任を問うてしまうのだろう。私を心配していた彼と、私を強姦した彼は、同じ人間だ。親切でありながら卑劣なことはある。やさしくて残酷なこともある。正直でありながら卑しいことだってある。それが人間だ。理解し得ないことを理解しようとした。これからも、それは変わらないだろう。切り離すことができないはずだ。人でなしと言うのはあまりにも簡単だ。怪物だと言うのはあまりにも簡単だ。あまりにも簡単なその言葉には、なんの意味もない。あまりにも簡単で、なんの力も持たない。彼は怪物でも、獣でも、悪魔でもなく、人間だから私を強姦した。彼は私を理解しようともがいたりしないだろう。欺くほうがずっと簡単だから。彼は生きやすい道を選ぶだろう。私はこれまでももがきあがいてきた。これからもずっともがきあがくつもりだ。絶対私は、彼と同じ人間にはならないつもりだ。

大好きなジェニへ

眠れなかったら電気をつけてもいいと言ってくれてありがとう。

一緒にチョル麺［小麦粉でつくったコシの強い麺。甘辛いタレをからめて食べる。］を食べにいこうと声をかけてくれてありがとう。

そっとドアを閉めてくれてありがとう。私をクローゼットから引っ張りださなかったこともね。

友達に謝って何度も私のところに駆けつけてくれてありがとう。

暗い夜に一緒に出かけてくれて、吸えないタバコを手に持っていてくれてありがとう。

私が言いがかりをつけたときも一緒にいてくれてありがとう。

子どもの頃から、あんたがうらやましかったの。あんたのことを思うと、勇気が出たし、あんたのことが好きじゃない瞬間はなかった。

ジェニ。

あんたが心配しすぎるから、あんたからもらった手斧を持ってきたけれど、竹邊港の防波堤に置いてきたよ。あんなに重くてかさ張るものを、ずっと持ち歩くわけにはいかないからね。残りの人生を、そのようにして生きることはできない。その手で別の何かを握りしめ、触るチャンスをあきらめることはできない。他の方法を考えてみるよ。手放して、身軽になるつもり。

どうしても旅行客だってわかっちゃうみたい。若い女性が一人で旅行しているのかと、気遣いのように、おせっかいのように、声をかけてくるおばさんたちに、行く先々で出会うんだよね。女性一人だけだと泊められないっていう民宿もあったし。女性が一人、ということが、たくさんの人を心配させ、疑問を抱かせるみたい。初めのうちはそういう言葉に嫌気が差したけれど、そのうちかえって好奇心が膨らんだよ。「若い」「女」「一人」の中で、人々をもっとも刺激する言葉はなんだろう、って。

親切な人にもたくさん出会えた。池に行きたかったらこっちに進めばいいのか、と訊いただけなのに、池まで送ってくれた人もいたし、バス停に立っていたら、お嬢さんはどこに行くの、そこに行きたいならここではなく反対側でバスに乗らなきゃいけないよ、と教えてくれた運転手さんもいたよ。ゲストハウスのオーナーは、私が到着した日に自家製のサンドイッチをくれたし、そこを発つときには緑のリンゴを二つ入れてくれたの。きれいに拭いておいたから、喉が渇いたり疲れたりしたら一口ずつ食べて、と。甘酸っぱくて元気が出るだろう、と。でも私は、そんな親切を受けるたびに、私が「若い女一人」だからだろうか、と考えてしまう。親切を単なる親切として受け止めて、その心地よさだけを覚えていたいのに、それができなくて複雑な気持ちになるわけ。すでに悪い記憶を持っているからかな？　ジェニはどう？　ジェニもそんなことを思ったりする？　親切を受けて怖くなることがある？

いろいろな場所を旅しながら、一人でたくさんのことを選択し、経験して、解決するあいだ、間違いなく私はよくなってきている気がしてる。江陵にいるあいだも、こんな気分になったことがあるの。そのときは、自分が本当によくなったと思ってたけど、そうじゃなかった。いまは違うよ。あのときはおばさんが一緒だったけれど、いまは一人だから。一人でも大丈夫、って思えるようになったの。また大丈夫じゃないと思ってしまうこともあるかもしれない。そして、また大丈夫な瞬間がきっとくるはず。そうやって浮いたり沈んだりするだろう。まだまだ先は長い。

雲住寺（ウンジュ）に行ったとき、真っ暗な夜に到着して、宿を見つけることができなくてお寺に泊まることになった。

怖くなかったかって？

怖かったよ。

私はいつも怖い。それは場所の問題じゃない。誰かと一緒かどうかという問題でもないの。これからも私は、ずっと怖いだろうね。私はようやく、そのことを理解した。

雲住寺に泊まった日の夜に、自分が死ぬ夢を見たんだよね。私は死んだ、と思いながら目を開けると、夜明け前の礼仏（らいぶつ）を知らせる鐘の音が聞こえたの。そのとき、真っ暗闇の中で、自分が生きているのか死んでいるのかわからないまま、少しばかり自由を感じることができた。生きているという感覚が徐々にしみ込んできて、手を上げて自分の目と耳と鼻にそっと触れ、腕をさすってみたの。体を少しずつもみながら、生涯を共にしなければならない自分の体を感じ、確認したんだ。それからまた眠ったのだけど、少しのあいだだったけれど、ぐっすり眠れたよ。とてもしっかりとした眠りだった。夜が明けて目が覚めたときには、体が軽く感じて、頭もすっきりしていたの。あまりにも軽く、あまりにもすっきりして、痛くなるほどだった。そこにもっといたかったけれど、それ以上いたら、一生離れられなくなる気がして、お坊さんたちにあいさつもしないでお寺を離れた。お寺の入口までの広々とした土地に、石仏や塔がたくさんあってね。首が切れている石仏もあったし、顔だけの石仏もあったんだけど、それが夜にはっきり見えていたなら、怖くてお寺まで行けなかったかもしれない。遠くからお坊さんが一人歩いてきて、私を見ながら穏やかな顔であいさつしてくれた。その場に立ったまま、少しばかり言葉を交わしただけなのに、ありきたりな会話だったのに、またちょっとした自由を感じたんだよね。市内に出かけて銭湯で体を洗いながら、人々の話に耳を傾けてみた。道を歩きながら、バスの中で、ごはんを食べながら、ずっと人々の話を聞いたよ。私とは無縁の人々の話を。私を知らない人々の話を。もう二度と会うはずのない人々の話を。

つまり、何が言いたいかというと、ジェニ。

私が地元にいなくても、都会で匿名の人々に囲まれていても、この世のどこかには私を知っている人がいるでしょ？　お母さんとお父さんがいて、親戚がいて、町の人たちがいる。学校の人たちもいるしね。旅をしながら気づいたんだ。自分でさえその人たちの視線で、私の言葉や考えや行動を判断することがたくさんあったんだって。どういうことかわかる？　私を疑う人たちの言葉が積み上がれば積み上がるほど、私は自分を疑うようになったの。私がそう思われてもしかたのない行動をしたのかもしれないと自分を追いつめた。自分が経験したことと変わらないくらい、自分という存在にもうんざりしたんだよ。うんざりする自分はそんな目にあって当然だと思ったけれど、おかしいよね。そんな目に遭うまで、私は自分にうんざりしたことなかったのに。原因と結果がしょっちゅう入れ違ってしまうわけ。

おいしいものを食べるときも、隣にいるはずのない視線が混ざってくる。誰かを好きになったり嫌いになったりする気持ちにはそういう視線が割り込んできて私を邪魔してくるの。私を窮屈にさせ、私の主観を押し殺し、私をつねに観察される人にしてしまうの。それはどういう視線かというと、あんな目に遭ったあなたは幸せになれないという視線。あなたにも落ち度があるという視線。あなたはずっと一人で孤独なのだろうという視線。あなたを不幸にしたのはあなた自身だという視線。あのことがあったせいで、私が学習してしまった視線なの。学習して、吸収して、自分のものにしてしまった視線なの。自分にとって私は、被害者でもあり、加害者でもあって、ときには無残なまでの傍観者なの。

だからジェニ、どういうことかというと、私は生きたいってこと。何事もなかったかのように生きたいということではない。あんなことがあった私として、私のまま、人の目も気にせずに自分の味方になって、思いっきり生きていきたい。

私は、いまもまだよく眠れない。

ときどき自分が誰なのか、今日が何日なのか、何歳なのか、何をしていたのか、どこに行こうとしているのか、迷うことがある。自分の記憶を信頼することができなくて、混乱してしまう。

私はよく、あの人がやってきて私を殺す妄想をする。あの人には本当にできる気がするし、私の死体を跡形もなく始末して、みんなをだますことができる気がする。そんな妄想が始まった日には、私はいまにも死にそうな気がしてしまうんだ。

あの日のことが頭の中でリプレイされ始めると、体を動かすことができなくなる。指一本動かすことができないの。何かに強くとらわれてしまった感じがしてね。ときどき悪夢も見てるよ。私は顔のない男から逃れようと、何度もドアを開ける。ドアを開けるとその先は壁なの。私はまたドアを開ける。すると、また壁がある。その繰り返し。夢でも、悪夢の中でも、私は生きたいわけ。

私はいつもおじさんのことを考えて、おじさんが私にしたことを考える。そのことばかり考えているというよりは、別のことを考えているあいだにも、それを考えるのをやめられないということ。それは一生私から離れないはずだよ。過去のことにはならないはず。私が死ぬ瞬間まで、現在形なんだろうと思う。もう忘れて、とか、記憶から消して、とか言うのは、私にもう生きなくていいと言っているのと同じなの。

私は選んだよ。それを秘密のままにしておかないとね。説明が必要な瞬間が来たら、逃げたり隠れたりしないで言うつもり。苦しいだろうね。誤解も受けると思う。私を変な目で見る人もいるだろう。私がそんな話をすること自体が暴力だと主張する人もいるかもしれない。でも言わなくたって一緒だよ。私は苦しいだろうし、誤解を受けると思う。

旅をしながら、私を取り囲んでいる空気について考えている。目にも見えず、手にも触れない幽霊のような空気が持つ力について、その力を生み出すまた別の力と作用について。私は自分をどう思っているのか、私はどんな力に取り囲まれているのか。私は小娘だからということで無視され、若い女だからということで疑われ、年を取った女だからということで見くびられるだろう。でも子どもの頃、あんたとスンホと一緒にいた頃の私は違った。江陵でおばさんと一緒だったときの私も違ったし。私はただの私だったの。自分を主張したり、証明したりする必要もなければ、自分を否定する必要もなかったの。

旅が終わったら逃げ出したくなる気持ちを押しとどめようと、家近くのカフェでこの手紙を書いてる。

ジェニ、しばらくはあんたに会えないかもしれない。どれくらいの時間がかかるかはわからない。

私は誰も許すことができないし、許せない人たちにまぎれて自分を欺きながら生きたくもない。私に起きたことを否定したくもない。そうすれば彼の罪も消えてしまうだろうし、いまの私もこんがらがってしまうだろうから。でも、ジェニ、あんたを見ると、スンホを見ると、なかったことにしたい気持ちがわいてしまう。忘れようと頑張らなくちゃ、というような気持ちみたいなのがね。私が忘れて、私が大丈夫になれば、みんな幸せになると思うから、昔のように楽しく過ごせると思うから、それなのになんで私にはそれができないんだろう……そんな罪悪感が募って、しまり雪のように少しずつ積もっていく。積もったまま固まって、私を覆ってしまう。

私は私のままで生きるために、私にとって大切なものも手放すことにした。始めるということは、そういうことなの。好きなものだけを取って、嫌いなものは捨てるなんていうことはできない。旅をするあいだ、愛する人たち、大切なことを思い出そうと頑張ったよ。思い出すものをすべて書き留めて、じっくり考えてみた。私に、この人がいなくてもいいだろうか。このすべてを手放すことはできるのか。

できる。私はゼロになれる。

ジェニ。私は苦しまないように、ケガしないように、最善を尽くして生きていくつもりだよ。あの人より長生きしなくちゃならないから。彼よりもずっと健康で丈夫に生きながら、彼が死ぬ日まで、彼に彼の罪を確認させるつもりだから。いつか彼が限りなく惨めで弱々しくなったら、やり返してやるつもりだから。どんな方法でやり返すかはまだわからないけどね。そのときの私が、どんな人かによって変わるだろうね。

私を身勝手だと思ってもいいよ。いくらでも憎んでいいからね。ジェニは私を恨みながらも応援することができる唯一の人だから。

私はもっと遠くまで行ってみたい。
私が何を求めていて、何ができるかを知りたい。
私に耐えることなく、私とうまくやってみたい。

2014年11月7日、お姉ちゃんより

追伸：こんなこと、本当は書きたくないけれど、それでも書いておこうと思う。あんたもよく知っていると思うけど、念のためにね。

もしあんたが性犯罪に遭ったら、証拠を必ず残して。録音でも、写真でもいい。体を洗い流さないですぐ警察に行って。そのとき着ていた下着も全部持っていかなくちゃいけない。安全な場所などどこにもないの。家も外も安全じゃない。人が多いところもひと気の少ないところも危険だし、都会も、田舎も、バスも、タクシーも、オープンな場所も、密閉された場所も危険なの。朝も、昼も、夕方も、夜も、真夜中も危険だからね。「大丈夫だろう」という考えは危いよ。相手がやると心に決めたら、性犯罪を避ける方法はない。気をつけろって話じゃないよ。殺せるものなら殺せってこと。生き残れってこと。

２０１７年12月31日、日曜日

子どもの頃からジェヤは、さまざまな言語を覚えたかった。知らない言葉に囲まれて、存在したかった。二十三歳のジェヤは、それを実現した。オーストラリアで一年間ホールスタッフとして働き、ドイツで一年間アイスクリームを売った。日本では半年くらいコーヒーを淹れ、中国とネパールでもしばらく暮らした。慣れない言語の中で、ジェヤは感じることができた。差別と蔑視の言葉を、眼差しを、振る舞いを。そうしたものは、ただ感じられた。東洋人だから、女だから、韓国人だから、とにかく違うから、人々はジェヤを罵倒し、嘲笑った。そうした言葉には、彼らが知らない言語で言い返した。怖い人がたくさんいた。やさしい人もたくさんいた。それからやさしくて怖い人は、圧倒的に多かった。外国で出会った外国人には話すことができた。２００８年７月14日に起きたことと人々のその後の反応について。ある人はジェヤの立場になって考えてくれた。ジェヤを慰め、おじさんを非難した。それが本音かどうかについては、ジェヤは気にしなかった。韓国語でなくても、たどたどしくても、あの日のことを言えるようになったことのほうが大事だった。

ジェヤは考えつづけた。やりたいことと、やれることを。ジェヤは自分を理解したかった。おじさんを、偏った人たちを、人間を理解したかった。人々の精神と心を確かめたかった。先回りして予知し、対処したくはなかった。起きてしまったことを、遅ればせながらでも納得したかった。ジェヤは子どもの頃から本を読み、神について知りたがっていた。自分の人生が、一冊の小説であるという想像もした。小説だと思えば、どんなことであれ前に進むことができる気がした。ジェヤはいま、小説を読むことができない。だけど、いつかは読めるようになるだろう。その日はきっと来るはずだ。

帰国する飛行機の中でも、ジェヤは自分について考えた。自分について考えると、おじさんについて考え、とにかく何かのせいにしたくて神を巻き込んだ。ジェヤの神は、事件のあとに存在を現した。ジェヤの神は、世の中のすべてを、すべての人間とすべての道理を知っているがために煩悩が多い。ジェヤの神は小さな出来事を起こしたり起こさなかったりする存在ではなかった。見守る存在だった。恨みを向けられ、申し訳ない気持ちを抱いたり苦しんだりする存在だった。それだけのことしかできない存在であるなら、ジェヤは神を信じてみたかった。

江陵で大学修学能力試験を受け、専攻を決める際に、おばさんは言っていた。就職や展望というのも大事だけれど、ジェヤが自分の心をのぞき込むことができる勉強をしてほしいと。ジェヤは心理学科に進学したけれど、卒業はできなかった。

ジェヤはやり直すつもりだ。

ジェヤは人々の話が聞きたかった。憂うつと苦しみと不安について聞き、あなたのせいではないと言いたかった。ジェヤは左側の壁に手をつけて歩いた。ときには走った。迷路のすべての道を通らなければならないほどの長い時間がかかるかもしれないけれど、いつかは出口にたどりつくはずで、もはやジェヤには出口などどうでもよかった。左側の壁に手をつけて歩くあいだのぞき込んでみた自分の心のほうが大事だった。いつかは、自分の心をのぞくように、他人の心を見守りたくなった。彼らがひざをまっすぐに立てて立ち上がれるように、左側の壁に手をつけられるように、彼らの右手を握りたくなった。それから一生、他人の心をのぞくような目で、自分の心をのぞき込みたかった。ジェヤは本当にそうしたかった。

十代の頃のジェヤはしばしば見ていた。大人になった自分を。大人になった自分は、どこか若い頃のおばさんのようだった。難解な音楽を聴くことができ、曲名もよく覚えていた。いつも一人で歩き、不思議といつも秋を過ごしていた。秋を背景に、秋の服を着て、少しばかり寒そうにしている。ジェヤはいつか自分が見たものを信じた。十何歳のときの自分と二十何歳の自分は共存していると、十三歳のイ・ジェヤと十六歳のイ・ジェヤは消えてなどいないと、生きて、二十三歳のイ・ジェヤ、二十五歳のイ・ジェヤを見ていると信じた。十五歳のイ・ジェヤが見ているだろう大人のイ・ジェヤを守りたかった。それから見たかった。三十五歳、三十九歳、四十七歳、五十九歳の自分を。この世のどこかで、同時に生きているだろう幼かったり、若かったり、年老いていたりするイ・ジェヤを。

ジェヤはいまも星を見上げる。カシオペヤ座を見上げてスンホを思い、北極星を見上げておばさんを思う。太陽を見上げてジェニを思う。それぞれの場所で輝いている彼らを思う。遠くから見れば近くにいるようだけど、近くから見れば遠くにいる彼らを思う。ジェヤはいまもなお、おじさんのことを思う。

いまジェヤの前には、一切れのケーキがある。初めから一切れではなかっただろうけれど、一切れになったことであらためて完全な姿になれたケーキ。ジェヤはケーキにろうそくを立てて火をつけた。どこかでジェニとスンホが、もしかしたらおばさんも歌を歌っているだろう。手拍子をしながら、ケトン虫を歌っているのだろう。

ジェヤが生まれたとき、人々は心を鎮めて鐘の音に耳を澄ませた。互いの幸運を願いながら、祝福の言葉を交わした。最も大切な人を思いながら、願いごとをした。

ラジオが深夜零時を知らせた。鐘が鳴っているのだろう。

願いごとをするのにちょうどいい時間。

いつかはあんたに会いにいくね。必ず、会いにいくからね。

あとがき

肌寒い夜に火を焚(た)いてくれ、温かい笑顔を見せてくれたうえに、跋文(ばつぶん)まで書いてくれたファン・ヒョンジンさん。

「イ・ジェヤ」の話を一緒に整えてくれたチェ・ヒョンウさん。

「イ・ジェヤ」の話に最後まで目を通してくださったみなさんに、感謝申し上げます。

それから、

二〇一七年十月から十二月まで文芸誌『文学3』のウェブサイトに連載した「イ・ジェヤ」の話を、二〇一九年一月から三月のあいだに書き直した。二〇一七年の私は、ジェヤのことをよく知らなかった。いまでもジェヤの話を知り尽くしているとは言い難い。しかし、全然わからない話とも言うことはできない。

キャラクターのほうから私にやってくるときがある。このような話がおかしく聞こえるだろうということは承知のうえだ。だが、紛れもない事実だ。ジェヤは四時、あるいは八時の方角、つまり、凝視することも無視することもままならない場所にしばらく留まっていて、ある瞬間とつぜん私の目の前にやってきた。ジェヤは自分について説明しようとしなかった。私はあなたを知っている。あなたも私を知っているはずよ。そんな目をして私を見つめるだけ。私は平気そうなふりをしたがそわそわしながら「私が遅すぎた」と考えた。私はジェヤがそこにいることに気がついていた。ジェヤは斜めにズレたまま一人で大きくなった。今度も手遅れだった。

物語を書いているあいだも、書き終わったあとも、私はジェヤが寂しい思いをしてはいないかと思って怖かった。ジェヤに絶えず話しかけたかったけれど、そんな私をジェヤが鬱陶しく思っていることもあるようだった。ジェヤは頑張って答えようとはしなかったし、それでよかったと思う。もしかしたら私はジェヤではなく、ジェヤについて考える私を放っておきたくなかったのかもしれない。

現実を生きているジェヤには、ジェニやスンホのような存在が、おばさんのような大人がいないかもしれない。誰にも言うことができず一人で闘っている人、傍観や疑いの目に一人で耐えている人がたくさんいるということを知っている。それでジェヤを慰められるかもしれないと思うシーンを書くときは、ジェヤの苦しみを描写するときと同じくらい迷った。

誰かが私を傷つけたというのに、それでも自分の過ちをまず見つけようとした。自分の過ちが見つからないときは、他人の過ちを故意ではないと解釈しようとした。私がちゃんとしていれば、なんの問題も起きないだろうと信じ込んだ。「大人しい」という言葉を褒め言葉だと考えていた。私は自分の望みを知らないまま成長した。人のせいにしたり見ないふりをしたり笑ってごまかしたりする大人ではなく「すまなかった」と言える大人、「あなたの間違いじゃない」と言える大人に一人でも出会えることを望んでいたと、大人になってからようやく気づいた。「あんな大人になりたい」と考えるチャンスもなく、大人になってしまったのだ。私はいまだに自分の間違いを真っ先に見つけようとする。いまはそうすべき大人になったのだから。慣れきった感情を覚えて泣き、泣き疲れても眠れない夜が続くと、身動きが取れなくてかえって良かったと思う日もある。

私はこのような人間になった、とジェヤに話した。
私もあがき続ける人になるつもりだ、と絶えず話しかけた。

それから、

今日もジェヤは毎日を記録する。ジェヤは見ている。ジェヤは聞いている。ときには走っている。全力で走っている。ジェヤは私たちを知っている。私たちはジェヤを知らないはずがない。

二〇一九年秋

チェ・ジニョン

訳者あとがき

一九八一年、ソウル生まれのチェ・ジニョンは、二〇〇六年にデビューして以来、『クの証明』(二〇一五)、『日が沈むところへ』(二〇一七)などの話題作を生み出し続けている。二〇二三年には『現代文学』(二〇二二年九月号)に発表した「ホーム・スウィート・ホーム」で、韓国で最も知られている李箱文学賞の大賞を受賞する。この短編小説には、がんの診断を受けた「私」が、記憶にあるだけで実際住んだことはない廃墟を終の住処とし、人生を全うしようとする姿が淡々とした筆致で描かれており、「人間の生が家という空間と合わさって作り出す記憶の意味を存在論的に究明している」と高く評価された。

読者に強烈な印象を与えた長編小説『日が沈むところへ』では、正体不明のウィルスが蔓延した前代未聞の世界を生き抜こうとする少女たちのたくましさが緊迫感を持って表現されている。この作品は、二〇一九年に新型コロナウィルスが流行し始めると、まるでパンデミックを予見していたかのような物語だとして話題になった。

口コミだけで販売部数二十万部を突破した『クの証明』は、二〇二〇年くらいからSN

S上で評判が広まり、注目を集めるようになった。これといったきっかけがなかったために「特異現象」とまで言われたが、これはチェ・ジニョンの物語の力を証明するものだろう。

クとダムの恋愛物語である『クの証明』は、恋人の死をきっかけに生と死の意味を問い直す。多額の借金によって追われていたクが死体で見つかると、ダムはクを悼みながらていねいに彼の体を食べていく。幼いころから周囲に疎まれていた二人は、互いの存在が世界のすべてであり、ダムにとってクを食べることは、クを生き延びさせる唯一の方法だったのだ。そんなダムの狂気じみた切実さが説得力を持って読者の胸を揺さぶった。

チェ・ジニョンの想像力は、「生きる」ことの果てしない境地へと読者を連れていく。彼女は、とあるインタビューで自分は「どのようにして生きるか」という問いをいろいろな物語で描いてみているのだと答えている。

『ディア・マイ・シスター』もその一つである。

ある日突然起きた性暴力の被害によって、ジェヤの日常は一気に壊れてしまう。被害事実をなかったことにしようとする母親、二次加害の言葉を浴びせる町の人たち、「被害者らしさ」を求める警察官。

ジェヤにとって安全な場所はどこにもなかった。バッグにナイフを忍ばせて、いつあるかわからない危険に備えなければならない。自分で自分を守らなければならないのだ。いつもずっと一緒だった妹ジェニといとこのスンホ、ジェヤの回復を全力で支え「安全基地」になってくれた江陵のおばさん。かれらの支えがあっても元の自分には戻れない。

性暴力の被害は、ジェヤにとって残酷なものだった。一度の出来事だけれど、その後もジェヤの記憶で何度も繰り返され、生活、人間関係、環境、夢などすべてに影響を与えていく。

周囲に支えられながらも、ついにジェヤは、自分の回復を他の人にゆだねずに、自分に起きたことを否定しないで、新しい一歩を踏み出すためのひとり旅に出かける。ジェヤはまず自分の力で自分の人生を全うすることにしたのだ。

著者は李箱文学賞の受賞記念「自伝」で、「『ディア・マイ・シスター』を書く前と後の自分は違う。ジェヤに出会い、ジェヤの隣に並び、ジェヤとして生きていくことで、私は確実に変わっている」と語っている。

小説を読んで、書いていれば、いまよりマシな人間になれる。少しずつ変わっていける。私が書いた人物に学ぶことができる。その人物のように生きていこうと努力することができる。「人は頑張らなくちゃならないの。大切な存在のためにはもっと頑張らなくちゃ」という文章を書いたならば、その文章を書く前とは違う人間にならなければならない。

原書の巻末にある「跋文」では、小説家ファン・ヒョンジンが、「小さなナイフ」を買った著者のエピソードを綴っている。「小説家チェ・ジニョンは『私たち』という言葉を『不幸の連帯』という意味で解釈する作家である。生きることへの恐怖で凍りついてしまった人に、躊躇なく近寄り、小さなナイフで氷を割ろうとするのだ。一緒に怖がりましょう。おそらくジニョンはそう言いたくてナイフを買ったのかもしれない」。この「不幸の連帯」という言葉を見て私は、アメリカの哲学者リチャード・ローティの『偶然性・アイロニー・連帯』を思い出した。ローティーはこの本で、他者の辱めや苦痛といった人生の細部を想像することで、人種や宗教などの伝統的な差異を越えた「われわれ」の連帯が可能であると語っている。不幸や苦しみによってこそ人は人に寄り添うことができる。自分の回復を他人にゆだねず自分の力で人生を全うしようと、いまよりマシな人間になろうともがきあがく著者が行うのは、同様に傷と苦しみを抱えた他者としてのイ・ジェアを想像し対話することなのだ。自分の安全地帯を自分で守ろうとするためのナイフは、他者

に寄り添い共感するためのナイフでもある。自分の力で人生を全うすることと、他者と共感し寄り添うことは常に表裏一体だ。本書の原題『이제야（イジェヤ） 언니에게（オンニエゲ）』は、「イ・ジェヤお姉さんへ」と「いまようやく、お姉さんへ」のダブルミーニングになっている。お姉さん（シスター）に「いまようやく」語れるという自己回復の兆しと、他者への共感による「私たち（シスター）」という連帯の可能性。邦題にはそうした思いを込めた。

チェ・ジニョンという、これからもあとを追い続けたい作家の作品を翻訳することができて嬉しかった。帯文を書いてくださった作家の松田青子さん、翻訳を任せてくださった編集者の斉藤典貴さん、校正刷りを読んで「自分がこれまで痴漢だの、セクハラだのといったことを嫌とも言わずただ逃げて流してきたのも、ある種加担してきたということだと思うと、重い気持ちにさせられます」という素敵なコメントを寄せてくださった校正者の谷内麻恵さん、ジェヤの輝きを連想できるような版画を制作してくださった画家の花松あゆみさん、デザイナーの鳴田小夜子さん、翻訳のことでも翻訳以外のことでもいつも相談に乗ってくれる、翻訳家の小山内園子さんに感謝を申し上げます。

二〇二四年七月

すんみ

著者について

チェ・ジニョン Choi Jin Young

1981年ソウル生まれ、2006年に短編「こま」でデビュー。2010年『あなたとすれ違ったその少女の名前は』でハンギョレ文学賞、2014年『こま』で申東曄文学賞、2020年『ディア・マイ・シスター』で萬海文学賞、2023年「ホーム・スウィート・ホーム」で李箱文学賞を受賞。著作として『クの証明』『日が沈むところへ』『冬休み』『ただ一人』『ウォンド』などがある。

訳者について

すんみ Seungmi

翻訳家。早稲田大学文化構想学部卒業、同大学大学院文学研究科修士課程修了。訳書にチョン・セラン『屋上で会いましょう』『地球でハナだけ』『八重歯が見たい』(以上、亜紀書房)、キム・グミ『あまりにも真昼の恋愛』『敬愛の心』(以上、晶文社)、ユン・ウンジュ他『女の子だから、男の子だからをなくす本』(エトセトラブックス)、ウン・ソホル他『5番レーン』(鈴木出版)、キム・サングン『星をつるよる』(パイ インターナショナル)などがある。

となりの国のものがたり 13

ディア・マイ・シスター

2024年9月1日　第1版第1刷発行

著者　チェ・ジニョン
訳者　すんみ

発行者　株式会社亜紀書房
〒101-0051 東京都千代田区神田神保町1-32
TEL 03-5280-0261
https://www.akishobo.com

装丁　鳴田小夜子(KOGUMA OFFICE)
装画　花松あゆみ
DTP　山口良二

印刷・製本　株式会社トライ　https://www.try-sky.com

Printed in Japan　ISBN978-4-7505-1851-0　C0097

好評
発売中

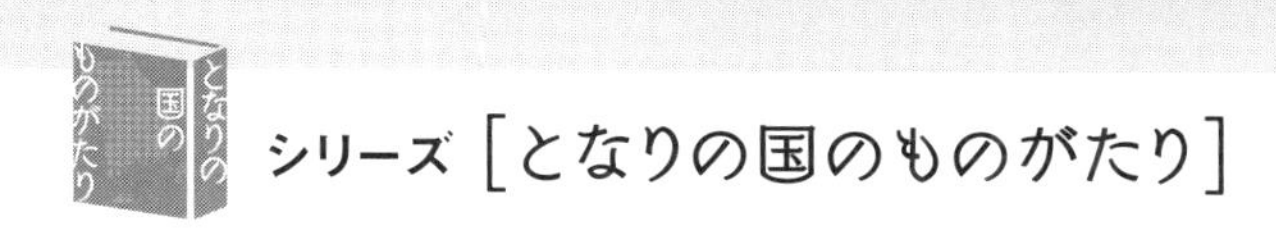

シリーズ［となりの国のものがたり］

フィフティ・ピープル　チョン・セラン／斎藤真理子 訳

痛くて、おかしくて、悲しくて、愛しい。五十人のドラマが、あやとりのように絡まり合う。韓国文学をリードする若手人気作家による、めくるめく連作短編小説集。

娘について　キム・ヘジン／古川綾子 訳

「普通」の幸せに背を向ける娘にいらだつ私。ありのままの自分を認めてと訴える娘と、その彼女。ひりひりするような三人の共同生活に、やがていくつかの事件が起こる。

外は夏　キム・エラン／古川綾子 訳

いつのまにか失われた恋人への思い、愛犬との別れ、消えゆく千の言語を収めた博物館など、韓国文学のトップランナーが描く悲しみと喪失の光景。韓国で二十万部突破のベストセラー。

誰にでも親切な教会のお兄さんカン・ミノ　イ・ギホ／斎藤真理子 訳

必死で情けなくてまぬけな愛すべき私たち……。「あるべき正しい姿」と「現実の自分」のはざまで揺れながら生きる「ふつうの人々」を、ユーモアと限りない愛情とともに描き出す傑作短編集。

わたしに無害なひと　チェ・ウニョン／古川綾子 訳

二度と会えなくなった友人、傷つき傷つけた恋人との別れ、弱きものにむけられた暴力……。もし時間を戻せるなら、あの瞬間に——。言葉にできなかった想いをさまざまに綴る七つの物語。

ディディの傘　ファン・ジョンウン／斎藤真理子 訳

人々は今日をどのように記憶するのか——。多くの人命を奪った「セウォル号沈没事故」、現職大統領を罷免に追い込んだ「キャンドル革命」という社会的激変を背景にした衝撃の連作小説。